書下ろし

大江戸墨亭（ぼくてい）さくら寄席（よせ）

吉森大祐

祥伝社文庫

目次

序　江戸両国　某寄席にて

とざい、とうざい。
とざい、と―うざ――い。
新真打の師匠、仙遊亭さん馬より、挨拶を申し上げます。

えー。
わが不肖の弟子の間抜けな口上によりまして、口火を切らせていただきます。落語界の市川團十郎と呼ばれてはや二十年。大江戸浅草で評判の色男、仙遊亭さん馬でございます。

え？　誰も團十郎なんて呼んでない？　おかしいなァ。じゃ、幸四郎ではいかがですか？　ダメ？　んじゃァ、菊五郎ではどうでしょ？　似ても似つかない？　困ったな。このまえ、浅草奥山のちょいと洒落た呑み屋のお姐さんに、そっくりでございますよ、と、こう言われたもンでございますが。え？　そりゃァ、こころづけを渡したからだ？　こりゃまいった。そうかもしれません。五分渡した時と二分渡した時じゃァ、似ている役者が違いましたからね。困ったものでございます。

おっといけねえ。

えー、のっけから、だいぶ噺がずれました。

こいつァ、生来の粗忽でございまして、どうぞお許し賜りたく。

さて本日は、貴重なお時間をいただきまして、ご見物の皆様に、こちらに座りたるわが仙遊亭の新しい真打につきまして、末永いご支援と、ご指導を賜りたく、こちらの根っからふざけた先輩方が、おちゃらけた口上をお聞かせするその前に、一言お願い申し上げたいと、かように思った次第でございます。

こちらに控えたる若造。

最近では、だいぶ巷（ちまた）を騒がせて、随分と皆様の御贔屓（ひいき）をいただいていると存じますが、その芸は粗く、まだまだ未熟でございます。調子に乗らぬよう、わたしも随分と小言を言ってきたつもりですが、こっちもまた間抜けと来たものですから、これがなかなか伝わりません。師匠も与太（よた）なら、弟子も与太。ふたりあわせて、よたよたというのが実際のところ。

ですが、それでもこの弟子は、齢（よわい）十余のころから鳥越（とりごえ）のわが仙遊亭にありまして、あれやこれやと修業を続けてまいりました。生まれは本所（ほんじょ）の川向こう。貧乏長屋でございます。

ジャリの頃から随分と間抜けで手間のかかる弟子でございまして、こんなにいろいろ騒動を起こした男は初めてでございますが、それでもなんとか、この度（たび）、真打と相なりました。

昔から、出来の悪い子ほどかわいい、と申します。お恥ずかしいのですが、不肖このわたくしも、その気持ちが、わかるのでございます。

今も思い出します。

この若造が、わが仙遊亭の奉公人であった日々のことを――。

第一席　妾馬

（しくじった――）

小太郎は、小さな風呂敷包みを抱え、両国橋の上でため息をついた。

天保十四年、初夏の江戸。

真っ青な空に、絹のような筋雲が浮かび、足元の大川（隅田川）では大小の船が涼やかに行きかっている。

小太郎は、十二の年に噺家の仙遊亭さん馬のところの弟子となった少年だった。頭を下げて浅草は鳥越の師匠の家に入り、下働きを三年。まだ名前もつけてもらっていない。下働きということは、まだ噺家ではないわけで、要は下男扱いの奉公人である。

師匠は身だしなみに厳しいひとだから、着物は兄弟子のおさがりを下げ渡されていたが、その襟元から覗く首は痩せ細り、小さな頭は坊主刈り。十五にもなるというのに、いかにも幼い。

(なんて、おいらは駄目な奴なんだ)

　何年も下働きをして、やっと機会がめぐってきたのに。

(あんなに噺が難しいとは)

　つい先日のことだった。

　浜町の絵馬亭で下働きをしていたら、急に前座のアニさんが来られなくなって穴があき、主任の師匠に、修業がてら演ってもいいんだぜ、と言われた。

　その場にいたアニさんがたは顔を見合わせたが、こんな機会は滅多にない。

　小太郎は、

「や、演らせてください」

と申し出て、まだ開演前の高座に上がった。

　だが、前座噺の〈平林〉を演ろうと口を開けたとたんに言葉に詰まり、一言も喋れずに固まった。

　客席はといえば、乱暴にばら撒かれた座布団に、歯が欠けた職人らしいじいさんがひとり座っているだけ。アガるような要素はなにひとつないであろうに、高座の上で固まって、あー、うー、と唸ったまま汗をだらだらと流して涙目になってしまったのだ。

ど、どうしよう、言葉が出ない。

そう思うばかりで、頭の中は真っ白だ。

見かねた仲間が高座に上がり、むりやり首元をつかんで引っ込ませてくれた。

楽屋では、口さがない芸人たちに、

「なんだ、なんだ、だらしがねえ」

「三年も修業してそれか。鳥越はどんな躾をしているものか」

などとさんざん悪口を叩かれたが、どうしようもない。

仲間の奉公人が楽屋の隅に小太郎を連れていき、

「しっかりしろよ。お前さんは、真面目に過ぎるんだ——。もうちょっと気楽にやれ」

と肩を叩いてくれた。

「へ、へえ。すみません」

やっとそう言ったはいいが、とんでもないしくじりだった。

この不始末が、師匠に露見たら、どうしよう。

それから小太郎は、おかしくなってしまった。

鳥越の師匠宅に帰って、いつもの下働きに戻ったが、どこか上の空で失敗ばかり。茶碗を洗えば、落として欠かす。菓子を運べば、躓いてばらまく。

そしてついに今日は、師匠の着物を畳んでいて、襦袢と長襦袢の順番を間違えてしまった。襦袢の上に長襦袢を置くのが師匠の好みで、逆だと喜久亭師匠の流儀になってしまう。

見かねたおかみさんはそんな小太郎を、そとへのお使いに出した。

狭い家にいて、暗い顔でうろうろしているぐらいなら歩いて気晴らしでもしてきな、ということだろう。

「ああ、もう辛気臭いね。さっさと行ってきなさい。この菓子折りを渡してくるだけだ。子供でもできる仕事さ」

と、おかみさんは風呂敷に包んだ菓子と手紙を小太郎に渡し、

「いいかい、両国橋の東詰めを竪川のほうに上ったところにある〈両国宝寿庵〉という商家だ。立派な門構えだからすぐにわかるよ。お渡しすれば、先方はわかるからね、頼んだよ」

と何度も言った。

こうして小太郎は鳥越の師匠の家を出て、そのまま南に向かい、人混みに流されるままに両国の長い橋を東へ渡ったのである。

橋は、肩が触れ合うほどの混雑だ。

両国は、江戸でも一番の繁華街。橋詰めは西も東も広小路になっていて、茶店や飯屋などさまざまな屋台があり、筵を引き回した見世物小屋、草寄席や芝居小屋なども軒を連ねている。

橋を渡っていくと、東詰めの広場に、大きな木箱をドンと置き、その上に乗って拍子木をカンカンと叩きながら、大声で噺をしている少年がいた。

「――さあさあ、両国名物『墨亭さくら寄席』、ちょいと道行くお兄さん、聞いていっておくんなせえ」

この界隈にはこの手の河原者が多くいる。

ちゃんとした芝居小屋に入れない貧乏人相手の木戸芸人。

きちっと寄席に行く余裕のない連中に話を聞かせる、辻芸人。

少年は、そんな雑多な河原者のひとりであるようだった。

だが、それにしては多くの見物を集めている。

(人気だな)

小太郎は思った。

ふらふらと近づいていくと、それはちゃんとした落とし噺ではなく、また筋道立った講談でもなく、なんだかとても乱雑な辻噺だった。

まあ、そうだろう。

まっとうな噺家がこんな辻に立つなど、聞いたこともない。

「さて、みなさん！　今日は御城に巣くう悪党のお話だ――」

木箱の上に立った少年は、若い声を上げた。

「天下の千代田の御城は、徳川家康の入府から数えて今や十二代。武衛たる大樹公が御在所であることはもとよりだが、その表に伺候する者どもは、利権に群がる狐狸魍魎の類だ。中でも水野忠邦は、天明の昔に田沼意次が考えたてぇ悪だくみを掘り返そうと企みやがる」

カンカン！

と、調子を整える拍子木。

「下総の国は印旛の沼を、利根の流れから切り離し、干上がらせた土地に五万石てぇ田んぼをこさえ、こいつを一手に懐にねじ込もうてぇ算段さ！」

驚いた。

時の老中、水野忠邦公を、論（あげつら）っている。

少年は続ける。

「そこへきて、水野の右腕の鳥居耀蔵（とりいようぞう）。こいつが、水野に輪をかけた悪党だ。てめえの実家が本草和学（ほんぞうわがく）だてェんで、洋書蛮書（ばんしょ）は大嫌（でえきれ）え。町じゅうの洋学好きの連中を目の敵（かたき）にして、一気に弾圧にかかった。日の本（ひのもと）古来の端正な国を作るてぇ言葉は綺麗（きれい）だが、要は気に入らねえもんは全部ぶっ潰（つぶ）すてえんだからたまンねえや。学問だけじゃねえぜ。真面目一本やりの儒学（じゅがく）者どもは、フザけた奴らが気に入らねえ。浮かれた芝居や、寄席、見世物小屋までみんな廃業せよてぇんだから、ひでえ話だ——」

危険である。

あからさまな公儀（こうぎ）への批判だった。

奉行所の役人に聞かれれば、取っ捕まって百叩きじゃァ済むまい。

ただ、昔ッから、江戸の町人は、権力者（おかみ）の悪口が大好きだ。

胸のすく啖呵（たんか）で、キレよく有名人を斬（き）ることができれば、拍手喝采（かっさい）。

よくぞ言ってくれたってンで、ぽんぽんとお捻（ひね）りが飛ぶ。

——つまり、儲（もう）かるのである。

「この江戸で、水野と鳥居が潰した芝居小屋や寄席は百や二百じゃくだらないよ。まだ頑張っている小屋もあるが、それだってみんなおかみの顔色を窺ってびくびくさ！」

少年の名調子は止まらない。

（ん――？）

人混みに混じって声を聴いていた小太郎、何かに気が付いて背を伸ばした。

少年の横顔に、見覚えがあったのだ。

（あ、ありゃァ、櫻長屋の代ちゃんじゃねえか――）

櫻長屋は、奉公に出る前、子供の頃に住んでいた川向こうの貧乏長屋で、あそこで辻噺をしている代助は小太郎の幼馴染である。おとなしかった小太郎と正反対で、何かというと近所のガキを集めては喧嘩やら悪戯やらをしていた乱暴者だった。一つ年上だから、もう、十六のはずだ。

（まだ奉公に出ていなかったのか？）

そう思って目を凝らしたとき、人混みの中から、誰かが、ひょおと口笛を吹いた。

すると木箱の上の代助は噺を止めて、尖った鎌首をビッと上げ、目を細めて遠くを見る。

そして、顔色を変え、

「ズラかれぇ！」

と叫んだ。

呼応するように、人混みのあちこちに隠れていた少年（こども）たちがわっと東両国のほうへ逃げ出した。


ぴいいい！

ぴいいいいい！

今度は大人の呼子笛（よぶこぶえ）だ。

十手（じって）持ちの岡（おか）っ引（ぴ）きと、その手下たちが、西からどっと人混みに飛び込んだ。

両国橋の東詰めは大混乱となる。

その中を、代助とその仲間の少年たちは、飛び跳（は）ねるように逃げていく——。

いっぽう、見物の江戸っ子たちは大喜びだ。

「はっはっは、いいぞいいぞ」

「おら、うまく逃げろ」

と無責任に囃（はや）したてる。

折よく橋詰めの草寄席場の太鼓が、とんとんからり、笛がぴいひゃら。

わけがわからない。

やがて小太郎、さんざん人に揉みくしゃにされて、外に押し出された。

ちょうど、河原の堤のあたりだ。

(ふう——なんなんだ)

川を渡る冷たい風を吸って、やっとひと息をつき——。妙に身軽な感じがして、思わず声を出す。

「あれっ? あぁっ?」

慌てて体中をまさぐり、懐中に手を突っ込んで、血の気が引いた。

持っていた風呂敷の中身がない。

おかみさんに渡された贔屓先への手紙に土産、それに自分の紙入れまで、すべてやられている。

(……しまった。しまっ——たッ)

小太郎は眩暈に頭を押さえ、真っ青になった。

なんということだ。

あれだけの人混みで混乱が起きれば、掏摸に気をつけなくちゃいけないことぐらいは誰にでもわかる。

小太郎は、ふらふらと路傍（ろぼう）の石に座った。

（これは、さすがにひどい……）

さんざんしくじったあげく、おかみさんの簡単な言いつけまで果たせぬとは、どう言い訳をすればいいのだ？　言い訳はもう無理かもしれない。さんざん折檻（せっかん）されて、悪ければ破門になってしまう。

茫然（ぼうぜん）と、空を見上げる。

もう、どうしていいのかわからない……。

いっぽう、橋詰めの繁華街は、あっという間にいつもの落ち着いた賑（にぎ）わいに戻っていく。代助と少年たちはどうやらうまく逃げおおせたようだ。

小太郎はそのまま、放心したように石の上に座っていた。

どれぐらいそうしていただろうか。

空が赤く染まり、静かな夕闇があたりを包み始めたとき――。

「おい」

と声をかけられた。

顔を上げると、それは、代助だった。

「久しぶりじゃァねえか――どうしたンでえ、こんなところで」

代助は、上からじろりと小太郎を見下ろす。

切れ長の三白眼（さんぱくがん）が、妙に恐ろしい。

昔から、代助は乱暴な不良少年で、幼馴染とはいえ小太郎とは気質が違った。

三年分成長して体の骨がごつごつと大人っぽくなった代助は、随分と威圧的に見える。

小太郎は言葉を失い、その顔を見上げていた。

「おいおい、おいらの顔を忘れたのか？」

「いや、そんなわけないだろう、代ちゃん」

やっと、小太郎は口を開く。

「久々に会ったってぇのに、辛気臭（しんきくせ）え面（つら）をしやがって」

「い、いや――」

小太郎は言った。

「す、掏摸にあったんだよ」

「掏摸？」

「ほんのさっきさ。奉公先から両国橋を渡ってきて、たまたま辻芸を見てね。あれ、代ちゃんじゃないか、と思ったとたんに岡っ引きが来て大混乱になって――」

「ふうむ。それで」

「人混みに揉まれて、必死で逃げて、ほっとして気が付いたら、何もなかった」

「ほう」

「どうしよう――。奉公先のお使いの品なんだ。このまま鳥越には帰れない……」

「お使いの品、てえのはなんだい？」

「菓子折りさ。師匠のおかみさんから、御贔屓にお渡しする――」

「ふうん」

するど代助は遠くを見るような顔をして、鼻を鳴らして少し笑うと、懐から小さな菓子包みを取り出し、ぽん、と小太郎の膝の上に投げた。

「えっ」

小太郎が驚くと、続いて、ぽん、ぽん、と紙入れと手紙を投げる。

「ええっ！」

「小太郎、なんてザマだ」

それに対して、泣き出しそうな声で、小太郎は言った。

「だ、代ちゃん」

「掏（す）られたてえのは、こいつらだろう？」

代助に聞かれて、小太郎はこくりと頷（うなず）く。

全身から、力が抜けた。

「ふうむ」

代助は言った。

「手下のガキどもに掏らせた今日のあがりを検分していて、驚（おで）れえたぜ。こいつは、仙遊亭さん馬の手紙だ。仙遊亭がてめえの奉公先だってこたァ、おいらも知っている。それに、ここを見ろ――贔屓先の旦那（だんな）に、使いに出したのは奉公人の小太郎という者で、これからもたびたび使いに出すかもしれぬので、お見知りおきくださいと書いてある」

「――――」

「こりゃァ、どうしたことだと思ってな。あの人混みの中に、てめえがいたものかと念のため戻ってきてみたら、案の定ってわけだ」

「代ちゃん」

小太郎は言った。

「なんてことをするんだよ。ひどいよ」

「なんだって？」

「それに、いったい何をやっているんだ。ひとを集めておいて子供たちに掏摸をさせるなんて、危ないじゃないか。昔から代ちゃんは、喧嘩が強くてみんなのガキ大将だったけど、ヤクザな道を踏むような奴じゃなかっただろ？」

「ふん」

十六歳になった代助は、鼻で嗤う。

「お前のように、まっとうな奉公先を見つけられた奴はいいさ。おいらは所詮、川向こうの貧乏人の悪ガキだよ。こんな悪童、どこの商家も雇っちゃくれないさ。そうなりゃ、なんとしてもおあしを稼いで食わにゃァならねえ。最近鳴らしている、ましらの代助たァおいらのことさ。せいぜい覚えておくんだな」

「代ちゃん――」

ふたりが育った櫻長屋は、本所林町――。

神田や下谷の連中が『川向こう』とバカにする安い場所である。竪川沿いの屋敷街は別にして、一歩裏道に入れば貧乏な長屋が続き、少しでも店賃の安い場所を探して流れてきた目つきの悪い連中の巣窟が犇めいているような町だった。

子供の頃、この町に住んでいた小太郎は、ある日、母親と喧嘩して長屋を飛び出し、行く場所もなくて飛び込んだ本所回向院の境内で、仙遊亭さん馬の〈八百屋〉の勧進をたまたま聞いた。その噺に出てくる貧乏一家のありようは、まるで自分の家族そのものではないか。度肝を抜かれ、気が付くと夢中になっていた。そして、話し手であるさん馬の、優しげでありながら、背筋の通った、まっとうな大人の雰囲気にも、すっかり参ってしまった。

それまで、小太郎の周囲には、酔っぱらいや、博奕好きのジジイ、職人だと言いながら仕事もしない乱暴者——ともかくろくでもない大人しかいなかったのだ。

（あのひとは、ちゃんとしたひとだ）

そのまっとうな大人が、寄席の高座に座り口先ひとつで、おあしを稼いでいる。こんな凄いことがあろうか。それにどうやら噺家というものには身分は要らぬらしい。それならば、自分だってできるのではあるまいか。

以来小太郎は、ぼろぼろの格好で川を渡って仙遊亭さん馬の家に日参するようになった。

頭を下げて、何度断られても門前に平伏し、根負けした師匠に、

「下男としてなら、住み込ませてやらあ。だが、見習いだぞ」

と言われて、奉公に入ったのである。

こうして小太郎は、十二の歳に自ら奉公先を見つけ、あやうい身分ながらも大川を西に渡った。

だが、代助のほうは未だに奉公先が見つからず、まだこの町でくすぶって、三年の間に、すっかり不良のはずれ者になっていたというわけだった。

代助は、乱暴に肩をゆすり、

「江戸っ子なら、両国あたりの盛り場にゃァ掏摸が出るってことは百も承知だろうが。橋を渡るとき、奉公人の小僧はどいつもこいつも荷物を両手で前に抱える。忘れたのか？　てめえ大川を西に渡って、すっかり惚けちまったっていうのかい？」

いっぽう、小太郎はそれどころではない。

「ああ、もう間もなく、六つ（日暮れ）の鐘が鳴る。この時間じゃァ、宝寿庵さんに伺うのは失礼だ。この土産は、持って帰るしかない。もう間に合わない」

頭を掻きむしって、泣きそうな声を出す。

「――またしくじってしまった。おかみさんに叱られる。破門になってしまう」

そんな小太郎を見て、代助は、

「なんでえ、なんでえ、久々に会ったてえのに、随分とご挨拶じゃァねえか」

と、鼻白んだ顔をした。

そして、顎に手を置き、

「だが、確かに、破門はまずいなァ」

と首を捻る。

「確かにてめえも間が抜けていたと思うが、大事な預かりものを掏っちまったってえのは、おいらの手下。その指図をしたのはおいらってわけだから仕方ねえや――。てめえはガキの頃から頭がよくって、おいらの大事な友達だった。その友達の奉公の邪魔をして破門させたとあっちゃァ、本所のましらの代助の名折れだな。よし」

代助は顔を上げ、

「小太郎、おいらが一緒に師匠の家まで行って、そのおかみさんに謝ってやるよ」

と言った。

「そんな」

「いいよ、いいよ。おいらは所詮本所の悪ガキで、叱られるのには慣れている。それに、この代助様がわざわざ出向いて頭を下げようってンだ。おかみのひとりやふたり、どうってことねえだろ」

そうだった。

昔から代助は、喧嘩っ早い乱暴者ではあったが、仲間の誰かが泣かされたと聞けば、ふざけるな、と出かけていってかたをつけてくる、誰かの親が病気になれば、仲間総出で面倒を見させる――そういう親分肌で仲間想いなところがあった。

「まずいよ！」

「いいから、いいから！」

こうして代助と小太郎は、ふたりで連れ立って両国橋を渡ったのであった。

◇

鳥越の仙遊亭さん馬師匠の家は、通りに面したいっぱしの表店だった。

小体ながらも格子戸を設えた門があって、その奥に玄関がある。

二階も客間も整って庭には南天が植えられ、離れもあって板塀に囲まれているという、噺家風情には十分な家である。

目を真っ赤にして帰ってきた小太郎は、板塀を回って、勝手口からこの家に入り、縁の廊下を歩いて中庭に面した床のある部屋の隅に、ちょこんと座った。

そして、師匠とおかみさんの目の前に、両国の贔屓先に持っていくはずだった菓子

折りと手紙を置き、

「申し訳ございません」

と頭を下げる。

師匠は、四十がらみの恰幅の良い中年男で、薄くなった頭に小さな髷をチョンと結っている。その着物は絣の粋なもので、随分と洒落た風情だった。

いっぽうおかみは、これがまだ二十も半ばを過ぎたばかりかという若い女である。

「それでのこのこ帰ってきたっていうのかい」

このおかみさんは鋭く言った。

形はきついが鼻筋の通った美人である。

若女房らしいさっぱりした島田に髷を結って、地味な小紋の小袖を着ているが、その襟元から出る項は白く爽やかで、顎は細く尖っている。目はやや吊り目だが黒目がちで、いかにも気が強そうな、小股が切れ上がった江戸の女だった。

（こ、これがおかみかい？）

小太郎の後ろに座った代助は、驚いた風情で、ぽかんと口をあけている。

このジジイ、こんな若いのを囲っていやがるのか。

思わず代助、師匠とおかみを交互に見て、

（小太郎の奴が、おかみが怖ぇって言うから、どんな業つくババアが出てくるものかと思ったら、なんでえ、ただの若ぇ女じゃねえか。偉そうに――）

などと考えていた。

すると、その態度を見ておかみは、

「てめえ誰だ？　それになんだ、その目は。若かろうがなんだろうが、あたしがこの家のおかみだよ。仙遊亭は、師匠が芸事以外にゃァ役に立たねえなまくらだから、内の仕切りはあたしがやらなきゃならない。あたしが若くて美人だからといって、あんたにいつ迷惑をかけたってンだい？」

おかみは、代助を睨んでそう啖呵を切っておき、今度は小太郎を睨みつけ、

「やい、小太郎。てめえ、ここ十日ほどは、まったく仕事が手につかねえ風情で、さんざんしくじりをしやがって。いい加減にしやがれ」

「は」

「言うに事欠いて、今度は宝寿庵さんへの品を届けもせずに戻ってきたって？　あんた、よくそれで、その面をあたしに見せられたもんだねッ！」

と金切り声をあげた。

「あたしゃ、あんたの気鬱なんざァどうでもいいが、師匠があいつの気散じに川向こ

うにでも行かせてやれって言うから、自分で行こうと思っていたお使いをあんたに任せたんじゃァないか。それもこれも、師匠があんたを思ってのことだ！」

「――――」

「それがなんだ。何かあったのなら、すぐに戻ってくればいいものを、日が暮れるまでほっつき歩きやがって。挙句の果てにゃァ、お使いは果たせていませんときたもんだ。どこまで間抜けなんだい」

金切り声を聞きながら、小太郎、ただ小さくなって畳の目を見ている。

ああ、そうだったのか。

師匠が気を遣（つか）ってくれたのか。

それならなお、申し訳ない。

悔やんでも悔やみきれなかった。

いっぽう、後ろでその姿を見ている代助は、なんだかとても悔しくなった。

大事な幼馴染の小太郎が、師匠ならともかく、こんな若い女にぽんぽんとやっつけられている。

小太郎にしたって、三年ぶりに自分に会ったのだ。

こんな情けない姿を見せたくはなかったであろう。

ふざけやがって——そこで代助、我慢しきれずに後ろから言った。

「それは、おかみさん。あっしが一緒に来たてえのは、そこに理由があるってもんでして」

おかみさんは代助をキッと見る。

「なんなんだ、さっきからそんなところに座りやがって」

「おいらは本所の櫻長屋をヤサにしている、ましらの代助てえもんです。こいつとは昔から、ちょいと幼馴染ってやつでございましてね。今日のこいつのしくじりは、実はおいらのせいでございまして、言い訳について参りました」

代助は話を始めたが、まさか自分の手下が、こいつの懐から一切合切掏りました、などとは言えない。

出まかせで、それらしきことを話し出す。

こういうやりかたを、口八丁という。

「——おかみさん、おいらと小太郎の育った長屋はですね、川向こうの、竪川に近いは近いンだが、ひとつ裏に入った、横にゃァ、どぶ川が流れているてぇ、目もあてられねえ貧乏長屋でございます。同じ長屋でも、川向こうのこってすから、神田下谷なンかとは全然違う。もうそりゃあ、今にも倒れそうな、ダメで間抜けなおんぼろ長屋なんでございますよ。ただそれだけに、同じ路地育ちの幼馴染っていいますと、ガキの頃から助け合い、まあ、なんていうのですか、兄も同然、弟も同然てぇわけでございまして」

「――――」

「今日の昼頃、おいらが仲間のガキどもと一緒に、両国橋をこう、ずィーッと歩いて参りますッてえと、向こうからこの小太郎が、不景気な顔をして歩いて参りました。おお小太郎、久しぶりじゃぁねえか、元気かいと聞いたところ、そう元気でもない。話を聞けば、こちらさんでさんざん用事をしくじって、随分と迷惑をかけたと、まア、こういうわけじゃァございませんか。――ああ、そうかい。そりゃあ大変だったな。だが、ここで会えたのも何かの縁。昔馴染に励ましをさせておくれってわけで、無理に橋詰めの莚引きに連れ込みます」

代助、身振り手振りを交えて続ける。

「――親は元気か、孝行はしているか、師匠は大事にするンだぜ、と、まあ、こういう具合で語り合う。こうして旧交を温めているうちに、一刻が過ぎ、二刻が過ぎ、気づくと回向院の鐘が、ごぉぉぉぉん、と鳴ったわけでございまして、ほい、しまったと気が付いたときにはもう遅い。小太郎、真っ青な顔をして、またしくじった、師匠とおかみさんにどう申し開きしたものかと泣き出しました。これにおいらは頭を抱えた。どう考えても、おいらたちが悪い。そこでみんなで話し合いましてね、こいつァ誰か、小太郎と一緒に師匠のところまで行って、事情を話した挙句に、頭の一つも下げようじゃァねえか、こういうわけでございまして。今、こうしておいらが参上したわけでございます」

代助は、つらつらと立て板に水を流すように、出まかせを喋っていく。

その喋りを聞いて、横に座って顎を撫でながら天井を見ていた師匠の仙遊亭さん馬は、驚いたように代助の顔を見た。

何か声をかけようと、口をぱくりと開けたとき、横からまた、おかみが金切り声を上げる。

「なんだい、うるさいね。それじゃァ何かい、昔馴染のあんたに声をかけられて、この野郎はそのまま茶店にしけこんだってぇのかい？　とんでもない大バカ野郎だ。十五やそこらの半人前が何してやがる。大事な師匠のお使いをほっぽり投げて、茶ァなんざを呑む奴があるもんかね」

「それがね、おかみさん。小太郎は――あ、いや、この家じゃァ、あれですかい、弟子にはみんな高座名とやらがあるんでしょうかね。あ、そうですか。小太郎はまだ名前を貰えてねえんですか。こいつは早めにつけてほしいもんですな。すみません、話を戻します。とにかくまあ、この小太郎は悪くねえんですよ。お師匠様のお使いを立派にやらにゃァならねえってンで最後まで背筋を、ピッとこう、立てておりましたんでさ。悪かったのは、無理を押し付けたおいらと仲間たちってぇわけでございまして。小太郎を捕まえて逃がさなかった。いやあ、すまねえこって。昨今の、川向こうの若い衆なんざ、自分で言うのもなンですが、ろくに躾も行き届かない、乱暴な連中でございましてね。本当に申し訳ない」

「何が申し訳ないだ！　手ぶらで来やがってこの野郎」

「これはどうにも、貧乏人がするこって」

「小太郎！　明日から、水汲みと薪の手配もやるんだよ。薪は下男のじいさんの仕事だが、あんたもやるんだ。師匠が許しても、あたしゃ、許さないよ！」

おかみさんの癇癪は止まらない。

「は、はい」

小太郎は、涙をぽろぽろ流して、小さくなっている。

その様子を見て、代助は、むかっ腹が立ってしかたがなかった。

そりゃァ、確かに小太郎は悪いことは悪い。

さんざんしくじりをしたあげく、お使いすらもまともにできなかった。

叱られて当然だ。

だが、その言い方はあるまいよ。

そこで代助、ついに堪忍袋（かんにんぶくろ）の緒（お）が切れて、立ち上がる。

「こら、おかみ。今のおいらの話を聞いてなかったのか、こんちくしょう！」

「お、なんだ、急に」

「筋が通らねえじゃァねえか、このアマ！」

筋が通らないのはこっちのほうなのだが、それぐらいで引き下がっては本所の櫻長屋のガキどもを引き回すなんてことはできないのだ。

無理を通せば、道理は引っ込む。

江戸の流儀である。

ろくな流儀ではないが。

「あ、アマだとう？」

「アマで悪けりゃ、山姥（ばばあ）！　醜女（ぶす）！」

「ぶ、ブスだとう。この美人を捕まえて」

「うるせえ、どんな美人も、口から出るモンが醜（まず）けりゃァ、立派にブスだろうよ！」

「こ、この野郎！」

「この小太郎がどれだけダメな弟子で、あんたがどれだけ偉ぇババアかは知らねぇが、こうしていっぱしの男がやってきて、きちっと申し開きをしてるてぇのに、癇癪を起こして聞く耳を持たねえってのは、どういう料簡だ！　この本所のましらの代助様が、こうして小太郎のけつを持って、ちゃあんと話して聞かせてやがるってえのを何だと思っていやがる、この唐変木！」

おかみさんも負けていない。

「なにがいっぱしの男だい。毛も生えそろわないガキが」

「なんだと！」

「やるかあ」

お互い袖をまくって立ち上がる。

「それになんだ！　この小太郎はあんたの弟子じゃァなくって、そこに座っている仙遊亭さん馬とやらの弟子だろうが。おらジジイ、てめえもなンか言ったらどうなんだ。やいやい、聞きゃァ、おいらの大事な幼馴染の身柄を預かりながら、この三年、噺をろくに教えてねえって話じゃァねえか。それで師匠の義理が立つっていうのかい。人ひとりの人生を預かったからにゃァ、立派に育てて一人前にしてやる。それがあんたの責務ってやつじゃァねえのか？　どうだ、この野郎」

すると師匠は落ち着いて言った。

「こりゃァ驚いた。さっきから随分、口の回る野郎だな」

「うるせえ、すっとこどっこい！」

「さっきの口上、てえしたもんだ。十代の若い身空で、あそこまでつるつる出まかせを喋ることができる奴ァ、滅多にいねえ」

「出まかせ、だとう？」

「違うのかい？」

「う――、この野郎、うるせえな」

「ははは。どうやらてめえ、小太郎の野郎より、喋りの見込みがあるぜ。年のころもまだ若ぇな。まだまだ青いようだが、今から叩けば、モノになるかもしれねえ。どうでえ、てめえ、おいらのところに弟子に入る気はあるかい？」

それを聞いて、驚いたのは、横にいた小太郎である。

師匠は滅多に弟子をとらない。

今の仙遊亭は、内弟子の奉公人が小太郎とへい馬アニさんのふたり。

二つ目で手伝いに通ってくる兄弟子が、とう馬と、かん馬、きん馬と三人いて、独立した真打（しんうち）がひとり、業界（なかまうち）では〈真砂（まさご）〉と呼ばれている仙遊亭馬車（めしゃ）師匠。

それでまるっと一門全員なのだ。

三遊亭（さんゆうてい）や林屋（はやしや）、師匠の好敵手（ライバル）の喜久亭猿之助（えんのすけ）が、十人、二十人と内弟子を抱えているのに比べ、弟子など面倒臭い、なるべく少しでいい、というのが師匠の流儀で、ともかくこぢんまりしている。

師匠が、自ら弟子に入れというなどと——初めて聞いた。

その驚きは、おかみさんも同じだったと見え、

「あんた、何を言うの」

と、カン高い声をあげる。

「いやよ、こんな見るからに生意気な、不良（ゴロツキ）みたいな奴は！」

「まあまあ、お前は黙っていろ」

師匠は余裕綽々（しゃくしゃく）だ。

それに代助も乗っかり、ここぞとばかりに啖呵をぶつける。

「このジジイ、急に何をぬかしやがる。まっぴらごめんだこの野郎」

「何が不満なんだ？　てめえ、まだまだ若ぇじゃァねえか。ちゃんと修業すれば目があるぞ？」

「噺家なんざァ、所詮はこっちと変わらぬ河原者だろうがよ！　それになんだてめえ、昨今は水野忠邦の倹約令とやらで江戸中の寄席が潰れて、噺家どもは仕事にあぶれてひいひい言ってやがる。てめえもその口だろうが、この野郎」

「よく知ってやがるな」

「辻芸の貧乏人は早耳だってなァ！　いいか、こちとら天下の貧乏人よ。稼げねえ修業なんざをしているほど暇じゃねえんだよ！」

「奉公修業はな――」

　さん馬は落ち着いた声で、言う。

「一人前の噺家(おとこ)になるのに、必要なことなのさ」

「てやんでえ、てめえなんざ、噺家になりてえ若ぇ奴を集めて、いいように使ってるだけの業つくオヤジじゃァねえか。若ぇ奴らの明日を質(しち)に取りやがって、さんざん顎で使った挙句に、モノになるもならねえも本人次第だとかなんとかぬかしやがる。そういう奴らを下種(げす)というのだ。いい加減にしやがれ。修業だなんだと綺麗ごとをぬかして偉そうにふんぞり返りやがって！」

「なかなか言うな」

不思議と、さん馬は嬉(うれ)しそうだ。

その慌てぬ表情を見て、代助、ますます頭に血が上る。

「それになんだ。まだまだあるぞ」

「聞こうじゃァねえか」

「江戸の噺家なんざァ、全部が全部、両国竪川の立川焉馬と、その弟子の三笑亭可楽から始まったってぇが、最近じゃァ、やれ林屋だ、やれ三遊亭だ、やれ柳屋だ、春風亭だ、古今亭だと、小粒な弟子どもがそれぞれ徒党を組んで、ウチの師匠のが上だ、こっちの大将のが上だと、角ォ突き合わせて喧嘩ばかりをしてやがるらしいなあ。野暮も極まりねぇや。それでも江戸っ子か！」

「よく知ってるな」

「まったく、だせえ野郎たちだ。そんなに人の上に立ちてえか。イナカモン丸出しの無粋な奴らめ。客におあしをいただいておまんま食らうのに、流派もくそもあるもんか、バカ野郎が」

「はははは」

仙遊亭さん馬はそれを聞くと嬉しそうに笑い、煙管に莨を詰めた。

「代助とやら。その通りだよ。気に入った」

「こっちァ、気に入らねえんだよ」

「元より小太郎はおいらの弟子よ。心配(しんぺえ)するな。ちゃぁんと面倒見てやらあ。それよりてめえの身柄だよ。どうせその辺でふらふらしてるンだろう。そういう顔だ、この野郎」

「なにお、てめえ！」

「どうせ、まっとうな奉公先も見つからねえんだろう」

「うっ」

「ひとりもふたりも変わらねえ。そもそも芸人なんざ、まっとうな奴らが来るところじゃねえ」

「なんだと」

「小太郎と一緒においらのところに弟子に入れば、てめえの嫌(きれ)ぇな修業てえやつを、さんざんやらせて真人間にしてやろうじゃァねえかい」

「うるせえ、何が真人間だ」

「てめえ、その若さで、半竹(はんちく)なヤクザと素人(しろうと)の隙間(すきま)のような場所にいるつもりか？いつかどこかで、ちゃんと日の当たる場所に出なくちゃァならねえと、思わねえのかい？」

「ふ、ふざけるな！」

「日々の修業はな、若ぇてめえにゃわかるまいが、男を鍛える大事な躾なのさ。その躾も知らずに人様の前に出て舌ァ回して銭取ろうってぇのが甘ぇってンだ。まずは師匠の躾に従うンだな」

さん馬はそこで、長火鉢の灰を掻いて火を探し、

「どうでえ、小太郎。てめえのこの友達、喋りはうめえな。さっきの啖呵は、なかなか聞きごたえがあったぜ。声もいい。顔もいい。――だが、これじゃあ稼げない」

と言った。

その言いぶりに、小太郎は驚いた。

師匠、何が言いたいのだろう。

その、もったいぶった態度に、代助はかみつく。

「うるせえ、オヤジ。こう見えて、おいらの辻噺はいつでも黒山の人だかりよ」

「その投げ銭だけで食えているのかい？」

「え？」

「せいぜいひとを集めておいて、手下に掏摸でもやらせているんじゃァねえのかい？　そうでもしなけりゃ、まともな稼ぎなど作れまい。どうだ、図星だろ？　長くはもたねえぜ。そんな出鱈目なやり方は」

代助は、思わず絶句する。

わずかに空いた沈黙を逃さず、おかみが叫ぶ。

「ちょ、ちょいとあんた、何を言っているのさ。あたしは反対だよ。こんな目つきの悪い若造は」

すると仙遊亭さん馬はすぱりと莨を吸って、静かに煙を吐くと、

「おりん、お前は黙っていなさい」

と再び言った。

おりんというのが、おかみの名前らしい。

その口調には有無を言わさぬものがある。

思わずおかみ、ぐっと黙って、代助を鋭く見た。

代助、その顔を睨み返して、叫ぶように言った。

「まっぴらごめんだ、この野郎。本所林町のましらの代助様をなんだと思っていやがる。こちとら天下の貧乏人よ。どこぞのお大尽じゃァあるまいし、てめぇらみてぇに、何年も修業して、いつか稼げりゃいいなんぞと悠長なこたァ言っていられねえ。明日稼がにゃァ干上がっちまう。さあ、行くぞ」

と小太郎の手を引く。

小太郎、思わず、

「え、おいらも？」

と聞き返した。

「どうもこうもねえや。小太郎、てめえ、こんな偉そうなジジイと、世間を知らねえバカなおかみがいる家にずっといたいか。三年間、掃除洗濯着物の着付け、さんざん下働きをさせられた上に、噺のひとつもろくに教えてもらってねえ、大事な名前もつけてもらってねえ。何が修業だ。大人は都合のいい言葉を使いやがる。抜け出せ、こんなところ」

「抜け出す――どこへ？」

「一緒に稼ぐのさ」

そう叫ぶと代助、小太郎の手を摑んで、師匠の家を飛び出した。

「小太郎、待ちな！」

おかみさんが立ちあがって追いかけようとするのを、

「まあ、放っておいてやろうぜ。すぐに戻るさ」

と、仙遊亭さん馬は笑って止めたものだった。

◇

ふたりが戻ったのは、両国橋の向こう側、竪川沿いに相生町を五丁目まで行って、橋を渡って三つ目の林町の一角にある裏路地の、今にも倒れそうなどぶ臭い長屋である。

名前ばかりが『櫻長屋』と風流だが、木戸のところに古ぼけた桜が一本立っているだけの、ぼろぼろの汚い長屋だ。

小太郎は、三年ぶりに戻った。

三年前まで、母親とふたりで住んでいたのだが、その母親は深川の冬木町の料理屋に女中の仕事が見つかり、そちらに住み込んでいる。もう二度と戻ることはあるまいと思っていた長屋に、ひょんなことから戻ってきてしまった。

ふたりは、夜の闇に紛れてどぶ板をがたがたと踏んで、一番奥の、代助の部屋の引き戸を開けた。

驚いたのは、家の中にいた代助の妹——お淳である。

「お兄ちゃん？」

行灯を引き寄せて針仕事をしていたのだが、手を止めて戸のほうを見た。

そして、兄の後ろから部屋に入ってきた男を見て、一瞬首を傾げたが、目を細めて
もう一度よく見て――、

「あッ、小太郎ちゃん！」

と嬉しそうな声を上げた。

小太郎もまた、薄暗いあかりの中に浮かんだお淳の顔を見て、

（あっ――）

と、胸をどんと突かれたような気がした。

よく考えれば代助の部屋に妹のお淳がいるのは当たり前のことだが、なぜか頭から
抜けていたのである。

お淳は、代助の二つ年下の十四になる妹で、つまり、小太郎のひとつ年下だった。

昔はよく、兄や小太郎の後をくっついて歩き回っていたものだ。

代助はこの妹を溺愛し、自分が隣町の子供たちとの喧嘩いくさに出るときなど、わざわざ小太郎に声をかけて、お淳のお守り役として留守居をさせるほどだった。

（お淳だけは、まともなお店に嫁に出すのだ――）

これが当時の代助の口癖だった。

小太郎もまた、小柄ではかなげなお淳を、妹のような気持ちで見つめていた。

そんなお淳が突然、三年分だけ大人になって、目の前にいる。

今、薄暗い行灯のあかりの中に笑顔を浮かべたお淳は、黒々と濡れた瞳があかりに揺れて、筋の通った鼻先が光って見え、驚くほど美しかった。

（えっ？）

小太郎は胸を突かれ、高鳴る胸を手で押さえた。

「久しぶり――。うちの前で、お兄ちゃんが誰と話しているのかと思った。すっかり声変わりしちゃって、わからなかった」

お淳は無邪気に言った。

「う、うん。久しぶり。邪魔するよ」

「上がって、上がって」

お淳は立ち上がり、針道具を脇に寄せて、行灯を真ん中に持ってきて、火鉢の前に小太郎を促した。

「嬉しいな――小太郎ちゃんに会えるなんて」

すると代助が言った。

「だろう。昔からお前は、乱暴者のおいらより、優しくて、勉強やら物語やらを教えてくれる小太郎がお気に入りだったからな」

「な、なにを言うの！」

お淳は顔を真っ赤にしたが、慌てたのは小太郎も同様である。

「ば、バカ言うな」

全身からどっと汗があふれる。

小太郎はもじもじと身をよじったが、それを見たお淳は、すぐに、

「せっかく小太郎ちゃんに会えたんだもの。何か作るね」

と言って、土間に降り、鍋を抱えてがたがたと路地に出ていった。

代助は、それを見送ると、ふいに顔を伏せて、

「ふう」

と、苦々しい顔つきをした。

ため息をついて肩を落とし、

「おう、小太郎、その辺に座りやがれ」

などと言う。

小太郎はおずおずと四畳半に上がり込む。

「──どうしたんだい、代ちゃん」

「う、うむ」

代助は戸惑ったような顔をしたが、

「ま、いいか。てめえは同じ長屋の幼馴染だ。いわば身内だもンな」

と顔を上げ、声を潜めて聞いた。

「小太郎、久々にお淳を見て、どう思った？」

薄暗いあかりの中で、その真剣な貌を見て、小太郎は驚いた。

「どうって――大人っぽくなって……」

「そんなんじゃねえ」

「へ？」

「顔色だよ」

代助はそう言って暗い顔をした。

「そうか。この薄暗いあかりじゃァ、わからねえかもしれねえな。だが、お天道さんの下で見てみろ。真っ白だ。病気なんだ。よくわからねえが、どう見ても内科の病気さ」

「えっ」

「数日に一度、苦しくて動けなくなる日がある。調子がいいからって油断して散歩なんぞをすると、急に胸やら腹やらが痛んで、うずくまったりする。モノも食わず、吐いたりしてな——これじゃァ嫁に出すどころじゃねえよ」

「そ、そんな」

「医者に診せたが、そのあたりの藪じゃァ、どうにも詳しくわからねえ。奴らが治せるのはせいぜい風邪ぐらいなもんだからな」

突然の話に、思わず小太郎は絶句した。

しばらくの沈黙のあと、代助は抑えるように言った。

「小太郎。今日は悪かった。元はといえば、おいらのしくじりだ。ガキどもにお前の持ち物を掏らせたりして、まずかったよな。それにあの師匠とおかみ——。てめえとの仲を取り持つつもりが、やっちまった。すまねえ。だが、おいら、ああいう奴らを見ると、むかっ腹が立って仕方ねえんだ」

「——」

「何が師匠だ、偉そうにしやがって。噺家だかなんだか知らねえが、ただの脂ぎったオヤジじゃねえか。ああいう連中が集まってわけのわからねえ利権を分け合ってやがる。世も末だぜ」

随分な言い方だった。

「何が粋(イキ)だ。何が通(ツウ)だ。ああいう奴らは、水野忠邦が作ったこの不景気だって飢(う)えることがねえ。真打だかなんだかの肩書があって、備えも金もある。だからあんなところでふんぞり返って、あんな若い女を囲って、左うちわで偉そうにしてやがる」

「代ちゃん」

「くそ大人どもが。てめえの利権(つる)を守るための権威付けばかりをしやがって。十年稽古して一人前だあ? バッカじゃねえか? 十年先に稼げるようになっても意味なんざねえんだよ。所詮、偉い連中にゃあわからねえ。——おいらには、今、カネが必要なんだよ」

その真剣な横顔を、小太郎は思わず見つめた。

三番絞(しぼ)りの安い油の行灯のあかりに、代助の鋭く尖った顎がゆらゆらと揺れている。

「ちくしょう——。さんざん馬鹿(ばか)にした目で見やがって」——

そう言うと、代助は、奥に転がしてあった大枡(おおます)を引きつけ、懐から取り出したズダ袋から今日の稼ぎをざらりと移した。

「——どんな手を使ってでも、稼いでやる。お淳を、もっと良い医者に診せるんだ」

そうつぶやくと、稼いだカネを数え始める。

小太郎は、しばらくその横顔をじっと見ていた。

お淳が、病気……。

信じられなかった。

あの元気だったお淳が。

小太郎は聞いた。

「稼ぎは、どうだい？」

「ふむ」

代助は、答えない。

「どうなんだい？」

「両国あたりの貧乏人の懐に入っているモンは、たいしたことはねえんだ。ほとんどが一文銭（いちもんせん）か四文銭（しもんせん）――。ときには二分銀（にぶぎん）もあろうってもんだがな。必死でお捻りを集めても、せいぜいいいときで二両いくかいかないか。みんなに駄賃をやったら、ろくに残らねえ」

「代ちゃん」

小太郎は、言う。

「たぶん、無理だよ」

「子供を集めて人混みで掏摸をやらせて大金を稼ぐなんて到底無理だよ。せいぜい小金しか集められない。お淳ちゃんを思うならなおさらだ。代ちゃんがお縄になって小伝馬町か石川島に入れられてみろ。誰がお淳ちゃんの面倒を見るんだい？」

「じゃァ、どうすればいいっていうんだよ？」

代助は、怖い顔で、小太郎を睨む。

小太郎は、その目を見返して、言った。

三年間奉公に出たということは三年間も世間で揉まれたということで、その分大人になったということだ。浮き世は、今代助が言った通り、カネやら、ちからやら、得体の知れない何かを持っている旦那衆のものだ。持たざる者が無理をすれば、怪我をするようにできているのだ。

「仙遊亭さん馬師匠はね、普段の寄席じゃァ一両から二両の割金で、これはこれで凄いんだけど、それよりなにより、吉原のお大尽のお席に呼ばれりゃァ、二十両、三十両というご祝儀を受け取るんだ」

「凄えな」

「何？」

「そうさ。だから、いくら寄席が潰れてもびくともしない。――だから、お淳ちゃんのお医者代は、師匠から借りられないかな」

「どうやって」

「頭を下げるのさ。今日、師匠は代ちゃんに弟子になれと言った。これはこれで凄いことなんだぜ」

「小太郎」

「明日、一緒に鳥越まで行ってお願いしてみないか。これこれこういう事情でございますから、どうかカネを貸してくれませんか、弟子になって修業して、きっと返しますから――と、こう頼むんだ。どうだい？」

「ええっ？」

「それしかないよ。おいらも一緒に頭を下げる」

「――そんな」

「そんな、じゃないよ、代ちゃん」

ふたりが言い合っているところに、手に鍋を抱えたお淳が戻ってきた。

それを見て代助は口をつぐみ、

「続きは今度だ」

と言った。

◇

翌朝。

井戸端でふたりきりになると、代助は言った。

「なあ、小太郎」

「なんだい？」

「昨夜(ゆんべ)の話だが――、やっぱり大人に、頭を下げにゃァ、ダメなのかな？」

「――」

「おいらはお淳のためならなんでもやってやる。命が助かるてえのなら泥水だって呑んでやるさ。だが悔しいじゃねえか。まだ、おいらにできることもあるんじゃねえか？」

「どういうこと？」

「最後にもう一度だけ、おいらのやり方が通用しないのかやってみてえ」

「代ちゃんの、やり方……」

小太郎は代助の顔をじっと見た。

代助はその顔を見返して説明する。

「今のおいらのシノギは、辻噺のお捻りが半分、手下どもの掏摸のあがりが半分で、一度の仕事で実入りは一両五分に行くかどうか。これをこつこつ貯め込んできて、今、十八両とちょっと。あと少しで二十両ってところだ」

「二十両！　凄いな！」

「二十両そろえりゃ、駿河台の鈴木良仙てえ有名な医者が、お淳を診てくれるって話があるんだ」

「へえ。鈴木良仙」

「知ってるか。なんでも、本郷の加賀前田家のお屋敷に出入りしているんだってなあ」

「そうだね」

「てめえの言いてえことはわかるよ。いつまでも、こんな後ろに手が回るようなことをしてちゃァいけねえ。でも、ここまで自力で頑張ってきたんだぜ。くそみてえな大人どもの助けを借りずに、てめえの才覚一つで、これだけのカネを貯めてみせた。あと一歩ってところまで来たンだ」

「本当にあと少しなんだ。だから、最後にもう一度だけ――。精いっぱいやって、どれだけ行けるものか試してみてえのさ。本当においらのやり方は通用しねえのか」

その必死の表情を見て、小太郎は考えた。

まっとうな大人たちから見れば、代助は今、子供っぽい、バカみたいな意地を張っているように見えるかもしれない。

だが、小太郎には、その気持ちが痛いほどにわかった。

代助も小太郎も、川向こうの貧乏長屋のガキだ。ろくな育ちではない。

奉公先も見つからない代助が、カッパライやら掏摸やらをやるようになったのは、それでしか生計(たつき)を立てるアテがなかったからだ。

確かに、どんな事情があるにせよ、盗みはよくない。

だけど――。

わかるのだ。

自分だって、十五のガキだ。

偉そうな、ちからを持っている大人どもにさんざん小突き回されて、好き勝手なこ

「代ちゃん」

とを言われて、生きてきた。

叱られて、威張られて、少しのカネで、動けなくなるまで働かされて。

悔しいじゃないか。

そんな気持ちが、小太郎の胸の中にもまた、どっと湧（わ）いてきた。

それに、子供の頃、怖いものなしだった代助の困りはてた顔を見ていたら、なんだか改めてこの世がとんでもなく理不尽に思えて、怒りが湧きあがってくる。

それに、十八両、だ――。下町の貧乏人であれば、一年の稼ぎよりも大きな金額である。それだけのカネを代助は、この貧乏長屋に住みながら稼いできたという。

いくら、掏摸で稼いだといっても、やっぱりこれは、凄いことではないのか。

「通用するよ」

押し殺したような声で、小太郎は言った。

確信は、ない。

だが、言ってしまった。

「昨日、両国橋を渡ってきたら東詰めの広小路で代ちゃんが、木箱の上に立って、堂々と啖をしていた。それを、あれだけのひとが聞いていたぜ――。あとからそれが代ちゃんだと気が付いて、吃驚（びっくり）したよ」

それを聞いた代助は、我が意を得たりと、頷く。

「なあ、小太郎。落とし噺ってえ奴は、そンなに堅苦しい流儀に則って、形式に合わせにゃならねえもんなのか？　おいらのことをろくに知らねえ師匠とやらにくっついて、見ず知らずのジジイが決めた決まりごとなんかに従わにゃァならねえものなのかな？」

「そんなことないよ」

小太郎は言った。

「落語は、もともと単なる勧進さ。最近じゃァ、粋だ通だと偉そうな連中が理屈を振りかざして小難しくなったけれど、くだらない。もとより江戸の噺は『軽口剽軽』がウリだ。ふざけておどけて与太やって、何ンにも縛られない勝手な工夫でご見物を楽しませるのが本当だと言うよ」

「ジジイどもの、野暮なこったな。江戸っ子らしくもねえ」

「その通りだよ、代ちゃん」

「小太郎、あと二両なんだ。二両で二十両――。これでお淳を駿河台の前田家御典医、鈴木良仙に診せることができる。そいつに賭けさせてくれねえか」

「――うん」

「ありがてえ」

「手伝うよ。でも――」

そう言って小太郎は、考えるように顎に手を当てた。

「ひとつだけ、条件がある」

「なんだ」

「代ちゃん、今度ァ、掏摸はなしだ。その二両、噺の投げ銭だけでぶん取ってやろうじゃァねえか」

◇

よく晴れた、大安吉日の昼四つ（午前十時）過ぎ――。

両国橋を渡った西の詰め、広小路と呼ばれる広場の一角に『墨亭さくら寄席』の幟が立った。

『墨亭さくら寄席』はもともと、代助が辻噺をするときに掲げていた看板だ。

墨亭は、場所が大川（隅田川）の土手だから。

さくら寄席は、住んでいるところが本所の櫻長屋だから。

安直極まりないが、今のふたりにはふさわしい、ぴったりとくる名前のような気がした。

ふたりはこの日のために、裏の寺の竹を切り、布切れを拾って縫《ぬ》い合わせて、幟を作った。そのぼろぼろの幟は、やはりこれもまた、今の気分にふさわしく思われた。

広小路は相変わらず、筵引きの屋台や見世物小屋が立ち並び、人で道はごったがえしている。

人混みの中には、代助の手下のガキども——熊吉《くまきち》や辰《たつ》や留蔵《とめぞう》が混じっていたが、今日は何も掏《す》るンじゃねえぞと言い含めてあった。奴らを配してあるのは、奉行所の密偵や岡っ引きがいないかを見張るためだ。

四つ半（午前十一時）ともなれば、西詰めが一番賑わう頃合い。

代助は、縞《しま》の着物の裾を端折《はしょ》った下町の江戸っ子らしい姿で、演台の上に、ひょいと立った。

そして拍子木をカンカンと叩き、

「さあさ、聞いてらっしゃい、見てらっしゃい。今日も、江戸城の悪党どものお話だよ——」

と、明るく話し始めた。

「鳥居耀蔵甲斐守、その名もようかいとはよく言ったもんだ。このようかい、陰湿極まりねえ性格で、気に入らねえ奴らを次々に罪に追い落とす。先年も、江戸っ子のためにさんざんお働きになった南町奉行の矢部駿河守様を江戸から追放しちまった。そのうえ、てめえがその後釜に座りやがったてぇんだから、ひでえ話だ。かあ――ッ、どうしたら、こんな血の通わねえことができるモンか。ようかいが江戸の南町奉行になってから潰された芝居小屋は五十、七十。寄席小屋なら二百、三百はくだらねえよ。夜鳴き蕎麦の値段が落ちたてえのは良いかもしれねえが、今度は銭の価値が下がって、モノの値段がわからねえ。むちゃくちゃだ――。ざっとこんなところを、公儀老中の水野忠邦と、江戸町奉行のようかいが薄暗ぇ座敷で、差しつ差されつ、さらなる悪だくみを相談していた、そう思いねえ」

　道行く江戸っ子たちが、なんだなんだと足を止める。

　つかみはいい感じだ。

「水野もようかいも、なぜか歌舞伎が目の敵。江戸の名物、芝居の三座を浅草に移転させただけじゃあ気に食わねえ。歌舞伎そのものを停止しようとのたくらみだ」

　どんどんとひとが足を止める。

　やがて代助の周りには幾重にも人垣ができてきた。

これは、代助の声と、それにたぶん、外見(かお)もいいのだ。

代助は、調子に乗って続けていく。

「一方、江戸の町人どもの楽しみの、歌舞伎芝居を守ろうてぇ男気を見せたのは北町奉行の遠山金四郎(とおやまきんしろう)。人呼んで遠山の金さんだ。知っての通り、江戸のお奉行は月番制。今月が南町奉行の当番なら、次月は北町奉行。南町奉行のようかいが歌舞伎を潰そうってンで厳しく取り締まったかと思えば、翌月には遠山の金さんがお構いなしだってんで興行を許す。そのまた翌月には詮議(せんぎ)が厳しく行なわれ、その翌月には許されるてわけで、月ごとに厳しくなったり、緩(ゆる)くなったり、また楽になったり、きつくなったり、どうしようもねえ」

カンカン。

と、調子よく拍子木を打ちながら、話の穂(ほ)を継ぐ。

ひとびとはその声に惹(ひ)き込まれ、熱心にその話に耳を傾け始めたが、ときおり、カカンと拍子木を叩いて区切りを入れると、はっとしたように笑って手を叩き、お捻りを投げた。

(いいぞ——)

小太郎は、その様子を、袖で心強く見ていた。

いわゆる高座に上がる落語ではないし、流行の講談でもない。

師匠もいなければ流派もない。

いわば、この町中の辻で鍛えた無手勝流である。

だが、不思議とひとを惹きつける。

（この調子なら、遠山の金さんが、鳥居耀蔵をぎゃふんと言わせる山場には、お捻りが相当もらえるのでは――？）

そう思ったときだ。

人混みに紛れていた熊吉が、泳ぐように小太郎のところに来て、

「――小太郎兄ちゃん、八丁堀の同心だぜ」

と言った。

よく見ると、口をあけて楽しそうに笑っているご見物の後ろに、目つきの鋭いサムライが立っている。

「今月はどっちだい？」

「今月は北町奉行の当番――。だけど、どっちにしてもうまくないよ」

「そうだな」

演台の上の代助は、必死で噺を続けている。

このまま公儀の悪口を続けさせていていいものか。

小太郎は、轟(とどろ)く胸を押さえて、考えた。

(まだ、充分なお捻りをもらっていない……)

今回の『墨亭さくら寄席』、目標は二両なのだ。

(いつもなら、この時点で仲間がさんざん見物の懐から獲物を掏(す)っているから、そこのあがりが見込めるわけだけど、今日は、噺だけでなんとか二両稼ぐのが約束だ——)

小太郎が目を細めて見ると、奉行所の同心らしきサムライは、目つき鋭く、そして苦々しく演台の上の代助を睨みつけており、手下らしき者を引き寄せて何か耳打ちをしている。

まずい、と思った。

捕り方か岡っ引きどもの人数が集まるのを、待っているのかもしれない——。

一方、演台の上の代助は、熱演である。

この稼ぎで、お淳を医者に診せる——その一心なのだ。

客も食いついている。

ここで無理やり代助を演台から降ろして、この見物客たちを逃したくない。

（どうしよう――）

思案しながら見ると、演台の上の代助の細い顎先に、必死の汗が光っている。

それを見た小太郎は、ふいに、胸を突かれたような気持ちになった。

そうだ、この『墨亭さくら寄席』には、お淳の医者代がかかっているのだ。

（なんとかしなくちゃならない。ガキの頃から代ちゃんには助けられっぱなしのおいらだが、今はもう昔じゃない。何かできることはないものか？　客を逃さずに、代ちゃんに公儀の悪口を止めさせるには、どうすればいいいんだッ⁉）

気が付くと、小太郎はふらふらと演台に上がり、代助の横に立っていた。

代助がぎょっとしたように小太郎を見る。

代助の手下の貧乏人のガキども――熊吉や辰、留蔵などが、人混みに紛れてはらはらした顔で見ていた。

小太郎は、大声で言った。

「歌舞伎がなくなっちゃァ、おいらたちは困るなあ」

「な、なんだ、小太郎」

不意をつかれた代助は、声を裏返す。

小太郎はぎこちない笑顔で見物のほうを見て、

「おじゃましますよ。手前、櫻長屋の小太郎と申します。こちらにて語る、ましらの代助の友達にございまして——」

と説明しておき、続ける。

「なあ、代ちゃん。鳥居耀蔵と言えば、聞いたことがあるか。鳥居の側近で、赤井(あかい)御門守(ごもんのかみ)てえ大名がいるんだが。この大名の、美人のお妾(めかけ)さんのお話を」

「な、なに」

驚く代助の手を、小太郎はつねって、顎をしゃくった。

奥に、奉行所の同心がいる。

代助は、あ、という顔をした。

小太郎は、震えている足元が見物にばれないように、さりげなく体を揺らして足を叩いた。

(大丈夫だ。上手く話せるさ。今日は露天なんだ。寄席じゃない——)

大きく息を吸って、喋り始める。

「普通、大名の妾てえのは、しかるべき御家から縁組して入るもんだが、このお妾さんは違う。本所の貧乏人の出なんだ。ある日、用事があって駕籠(かご)で町を行くときに、いいい殿様が長屋の前を掃除している町娘を見初(みそ)めてな。あまりの可愛さに、もう、とーんと来ちまって、寝ても覚めても忘れられない。それで迎えたお妾だそうだ」

「な」

「そのお妾様こそ、お淳の方」

「お淳？」

「本所の貧乏長屋に、ろくでなしの兄貴と暮らしてたてえが、もともと地元じゃァちょいと知られた美人さ。桜のような唇で、目は黒めがちで、鼻はちゅんと筋が通っている。もうこりぁ、ひとめ見れば、誰だって夢中になっちまう——つまり、お淳ちゃんだな」

それを聞いて、代助、ちょっと怪訝（けげん）な顔をして考えた。

そうか。

これは『噺』だ。

同心がいるからには、公儀の悪口をネタに噺を続けるのはうまくない。小太郎は、それをなんとかしようとしているのだ。

こうなりゃ野となれ、山となれ。

出まかせに賭けるしかない。

客もまだ、なんだ、なんだと聞いていてくれている。

代助は、小太郎の仕掛けてくる噺に乗ってみることにした。

「そ、そりゃァそうだ。お淳は可愛いぜ」

「その可愛いお淳ちゃんの元にある日、赤井御門守のお屋敷のご家老とやらがやってきたと思いねえ」

「なんだ、なんだ」

「そいつは、アニキである代ちゃんの前に菓子折りを差し出して、こう言った。お殿様が、この長屋に住むあなたの妹をお見初めになって、もう夢中の体にござる。もしまだ嫁入り先が決まらぬものなら、屋敷に出仕されいとのお言葉――」

「なんだと、ふざけるな」

「まあ、なあ」

「妹を簡単にやれるか！」

「そうだな。だが、相手の家老は誠実だった。一度ならず、二度、三度と土産をもって長屋を訪れ、丁寧に説明する。決して代ちゃんをバカにしたような態度はとらなかったぜ。やがて代ちゃんも、その誠意にほだされるようになった――」

「なにを言いやがる」

「でも、よく考えてみなよ。これは大変なご出世だぜ。長屋の娘が大名の室となって、屋敷の奥で、下女に傅かれて暮らす。支度金は三百両も払われる。どう思う」

「三百両！」

代助は、頭を抱えながら、

「うおおお」

と吼える。

そのしぐさに、見物の町人どもはおおいに笑った。

庶民じゃ一生見ることもない、途方もない大金である。

「しかも相手は、妓楼でもヤクザでもないんだぜ。まともな家だ。しかも、大名だ。それに家老もみんないい人だ――それならどうだい？」

「うう、うーむ」

「代ちゃんは、いつも、大事な妹はちゃんとした家に嫁がせるンだ、と言っていたじゃァねえか。大名家以上の『ちゃんとした家』があるものか。ともかく、こりゃァ、大変な出世だよ」

「よく考えりゃあしかたねえ。こりゃあ、お淳の幸せを考えりゃァ、アニキのおいらがとやかく邪魔をするもンじゃァねえな――でも、本人はどうかな」

「本人は大丈夫さ。お淳ちゃんなら、しっかり者だし、頭もいい。たとえ大名家でもうまくやっていける。違うかい？」

「そりゃァ、そうだが……」

代助は、困ったように眉根を下げる。

その顔つきがとても自然で、到底演技とは思えない。

ご見物も引き込まれている。

代助は言った。

「でもよお、小太郎。妹を嫁に出すのは、やっぱり、つらいぜ」

「しょうがないよ。幸せなことじゃないか。我慢だよ、代ちゃん」

すると、目の前にいたご見物から声がかかる。

「わかるぜ、兄(あん)ちゃん。だが、これは良縁だぜ」

「そうだ、そうだ」

「ちゃんと嫁に出せるだけで立派なのに、大名家に出世たあ、たいしたもんだ。幸せな話だよ」

「その通り。おいらのところも、娘の嫁ぎ先にゃあ、悩んでいる。どっかにいいご縁がねえもんかとな」

「その通り、その通り」

次々と見物の中から声が上がる。

みんな、それぞれ女房がいて、子供もいる。

まだ独身ならば、好きな娘もいようってものだ。

誰もが、妹の嫁ぎ先で悩むなんてえ話は、他人事じゃない。

「そうだよ、お客さんもそう言っている。お淳ちゃんは小さいころからいい子だった。これほどの話はあるまいよ――。お客さん、あたしが言うのもなんですがね、このお淳ちゃんって娘はいい子なんですよ。桜のような唇の可憐なこと。いやあ、見せてやりてえなあ」

客は、その顔を勝手に想像してふんふんと頷いている。

その横で、

「う、うむ。アニキとしては複雑だが、仕方ない」

代助は情けない顔をして頷いた。

みんな、ほっとする。

虚実がないまぜになってきたが、見物も含めて誰も気にしていない。

そこで小太郎、大声で言った。

「でね、お客さん。そのお淳ちゃんがいいのは見目だけじゃァねえ。心の根の優しい家族思いの子――。こういう娘は大名のお屋敷に行ってもよくできる」

「あたりまえでえ。おいらの妹だぞ」

代助が横から突っ込む。

「そりゃそうだ――でね、そういうできる子ゆえに、お殿様は、ことのほかご寵愛なされるのは当然のこと。やがて、めでたいことに、丸々とした可愛い赤ちゃんを産んだ」

「なんと」

「男の子だ。そして、たまたま本妻様のほうにお子様がいらっしゃらなかったてわけで、これがお世継ぎということになった。こうなると、大名家のほうじゃあ、お淳ちゃんを下にも置かねえ。――こりゃァ、お淳ちゃん、たいした出世だ」

「違えねえ」

「夢のようだな」

と、これは客。

その言葉に頷いて、小太郎は続ける。

「さて、こうして、ある日、貧乏長屋に、赤井御門守の屋敷から、使いが来たてえわけだ」

「また何の用でえ」

「子供を産んで、お母様にご出世された妹様が、ひとめ、お兄様にお会いしたいと言っている。つきましては、ぜひ、兄上様、お屋敷までいらっしゃってください、というわけだ——。そこで、八五郎(はちごろう)」

「八五郎？」

「しまった、えっと、代助だ」

小太郎は慌てた。

この噺は、師匠仙遊亭さん馬の〈妾馬(めかうま)〉という落語噺を失敬したものなのだが、そちらだと主役は八五郎なのである。

思わず間違えてしまった。

「そうさなァ」

代助は言った。

「おいらが妹は、そういう奴よ。アニキ思いの可愛い妹さ」

その満足げな顔に、見物たちも頷く。

「ともかく代ちゃんは、大名のお屋敷に行かにゃぁならねえ、と、こうなったてえわけだ」

「ところで、代ちゃんは、大名家のお屋敷での作法を知っているかい?」

「知るわけねえだろ」

「ふむふむ」

と、ここで小太郎は考えた。

師匠の〈妾馬〉では、この場面、話芸でさんざんご見物を笑わせる。

武家の作法を知らない八五郎と、上品な大名の殿様の丁々発止が見られるわけである。師匠が演るとそれは見事で、遠くから見ているだけで、ほれぼれするほどだ。

だが、自分にそんな『芸』はない。

それに今は、客がみんな、代助の、あけっぴろげであっけらかんとした雰囲気に引き込まれ、一体感が増している。

妹がどうなったんだろう、と前のめりで聞いてくれている。

であれば、無理に師匠のように話を転がすのはうまくないだろう。

小太郎は、話を一気に端折って、代助の魅力に賭けることにした。

「まあ、その屋敷に行ったと思いねえ」

「うむ」

「代ちゃんは、長ァーい廊下を歩かされて、奥の客間に連れていかれた。客間の下に座らされて、待っているってぇと、お付きの連中がぞろぞろ現われて、上座に殿様が出てきたてえ寸法だ」

「そいつは豪気な話だな」

「そりゃ、そうさ。そこで代ちゃん、なんて言う？」

「ええっと、困ったな。でも、おいらはその殿様の、義理の兄貴ってことになるわけだな」

「そうだな」

「するってえと――よお、久しぶりだな、呼ばれて飛び出て、まかり越したぜ。――こうかな？」

「……代ちゃん、そんな無作法があるかい」

「でもよう」

「でもよう、じゃないよ」

小太郎が突っ込むと、見物から笑い声があがった。

「これはこれはお殿様。この度はお屋敷にお招き下さり、おんありがとうございます。この代助、はばかりながらまかり越しました――こんな感じで言えよ」

「舌を嚙みそうだな」

「だけど、相手は大名だぜ」

「大名かあ。会ったことはねえけど、面倒なこったな」

「仕方ねえよ」

見物はそのやりとりをにこにこ見ている。

「すると、殿様はこう言うね」

と、小太郎、声色を変えて。

「──これ、代助。今日は、よく屋敷に参った。いつも、お淳の方よりそのほうのことをよく聞いておるぞ」

「へえ、そうですか。ろくな話じゃないンでございましょう。手癖の悪い、貧乏人でございますから」

「そのようなことがあるか。いつも、お淳は、優しくて頼りになる兄でございます。お殿様、ひとめ、兄に会いとうございます。このように申しておるわ」

「な、なんと。ありがてえ。だが、殿様には申し訳ねえこってす」

「何を言うか。お淳の兄ともなれば、わが義理の兄ということになる。どうか今日はくつろがれい」

「へ、へえ。くつろぐ。どうするのかなあ？」

「そうだな。いつも、長屋でやってるように」

「え？　いいんですか？」

「かまわぬ。ゆるりとせい」

「申し訳ないなあ」

と、代助、尻(しり)っ端折(ぱしょ)りに裾をからげて、その場にごろりと横になろうとした。

「ちょ、ちょっと、代ちゃん！」

また小太郎が突っ込むと、お客は沸く。

わははと笑っているひともいる。

うけているぞ。

小太郎は手ごたえを感じた。

「だって、いつも長屋でいるようにしろって言ったぞ」

「それにしたって」

「いつもおいらは長屋では、下帯丸出しでごろりと横になってるンだぜ」

「ひでえな」

「気軽に屁(へ)ェこいて、きんたまを掻いてる」

「お殿様の前で、きんたまって言うな！」

どっ。

客がさらに沸いた。

辻ではこれが一番。

下ネタだろうが、下品だろうが、笑わせた奴が勝ちだ。

「まあ、いいや。そんなふうに殿様と話していると、やがて廊下を下女たちがさわさわと渡ってきて、よろしいでしょうかと声がかかった」

「うむ」

「苦しゅうない。お淳、入りやれ、と殿様は言い、廊下からは、はい、と鈴のような美しい声が聞こえた」

「と、ここで、お淳が来たわけだな」

「いかにも、そうだ。お淳ちゃんは、すっかり桜色の華やかな打掛を羽織った立派なお姿──久々の兄妹対面だ」

「嬉しいなあ──」

「代ちゃん、なんて言う?」

「そうだな。まずは、久しぶりだなあ、ああ、立派になったなあ、とこうかな」

と、代助は遠くを見るようにする。

「お兄様、お久しぶりです」

小太郎は、声色を変えて、返した。

すぐに代助は顔をしかめて反応した。

「お兄様、なんて勿体ぶった口の利き方をするモンじゃァねえよ。昔ながらに、お兄ちゃん、と、こう呼んでおくれ」

「お兄ちゃん」

「で、体の調子はどうなんだ？」

「はい、もうすっかりよくなりました」

「そうか、そうかい。よかった。それがなによりだ」

代助はそう言いながら、目を潤ませた。

小太郎は驚いた。

代ちゃん、凄いぜ。

真に迫っている。

小太郎は息を呑んで次へ続ける。

「あの頃、お兄ちゃんは、とても心配してくれた。病気で体の弱いあたしを、なにかなにまで世話してくれたわね」

「――て、てやんでえ。そんなに世話してねえよ」

「嘘。あの頃は、つらかった。でも、お兄ちゃんがいつも守ってくれた。そのおかげで、あたしは元気になれたのよ」

「違わァ。お殿様のところに侍(はべ)って、おいしいものを食べて、あったけえ布団で寝ていたから元気になったてえわけだろう」

「ううん――お兄ちゃんのおかげ」

そこへ、乳母(めのと)に抱かれた赤ちゃんが連れられてきた。

「これ、代助――」

と殿様。

「これが、お淳が産んでくれた世継ぎじゃ。お前の甥(おい)でもある」

「な、なんと」

「どうか、抱いてくれ」

「い、いいのかい？」

慌てて、代助、お淳を見る。

お淳は、にこにこ笑って、こくり、と頷く。

「抱いてあげて、お兄ちゃん」

「か、かたじけねえ」

小太郎が、手にした手ぬぐいをそれらしく渡すと、代助はそれを受け取り、赤子を抱くようにして、あやし始めた。

「よし、よし。よし、よし」

「可愛いだろう、代助よ」

とこれは殿様。

やがて、赤ん坊を抱く代助の両眼から、どっ、と涙があふれ出てきた。

「お兄ちゃん」

「お淳。嬉しいぜ――。ガキの頃、お前は病弱でなあ。おいらの後ろをくっついて回って、ぴいぴい泣いていたもんだった。それが今じゃァ、元気になって、可愛い子を産んで。こんなに幸せになるなんてなあ」

「お兄ちゃん」

小太郎は、そう言いながら、一瞬悩んだ。

本当の〈妾馬〉だと、このあと、年老いた母親の話になる。

でも、この流れだと不自然かもしれぬ。

どうしよう――。

小太郎は、探るように聞いた。

「お兄ちゃん、お父さん、お母さんは、元気？」

すると、赤ん坊を抱き、涙を流しながら、代助はすぐに反応した。

「おお、おお。元気だぜ。今日はこの屋敷に来られなくてごめんな。ふたりとも、年を取って、だいぶガタが来ているがなあ。思えば、この子は、オヤジとおふくろにとっちゃあ、初孫だ。ああ、可愛いなあ」

「――――」

「ああ、身分違いてえのは悲しいねえ。おまえが出世して、幸せになってくれたってえのは、そりゃァ、嬉しいこった。だが、両親がこの可愛い孫を世話してやれないてえのは悲しいこった。ああ、下町で初孫となりゃァ、ジジイとババアが世話をして、おんぶにだっこ、おむつのひとつでも替えてやるのが楽しみってもんだ。それもできねえってんだから情けない」

代助は、切々と言った。

その表情を見て、小太郎は胸を打たれた。

代助に、まともな家族はない。母親は家を出、父親はろくに帰ってはこなかった。

だから、この話は、夢の話なのだ。

お淳が、健康になって、幸せな結婚をして、子供を産んでいる。

両親は、ふたりそろって、その出世を喜んでいる。

どんなに貧しくても、父と母がそろって、子供のことを思っている。

ああ、そんな家族があったら、どんなにいいか。

小太郎は、殿様の声色で言った。

「ふむ、ふむ。代助とやら——。感心じゃ」

「殿様——感心されるようなこっちゃァ、ございません。おらァ、本所の、川向こうの貧乏人でございます。大手をふって、大川のこっちに住むようなやつじゃァねえんだ」

「何を言うのか」

「おいらぁ、ろくでもねえ家に生まれた、ろくでもねえ奴なんでございます」

「そのようには思わぬ」

「いえ、そうなんでございます。だけど、だけどね、殿様。——お淳は、違うんでございますよ。この妹だけはガキのころから心根が優しくて頭もよくってね。同じ長屋の小太郎ってえ奴がいろはを教えてくれたってえもんだが、そいつも、すらすら覚えてね。おいらが読み書きの読みしかできねえってのに、お淳は両方できるんだ——。

この妹だけは、ちゃんと生きなくちゃならねえ。ろくでなしのおいらなんかどうでもいいが、この妹だけは、幸せにならなくちゃあならねえんだ」

そう言うと、代助はゆっくりとその場に膝をついて、頭を下げた。

見物も、小太郎も、息を吞んでその様子を見ている。

代助は言った。

「殿様、ありがとうごぜえます。どうか、どうか、末永くこの妹を大事にしてやっておくんなせえ。この妹は、気立ての優しい、アニキ思いのいい子なんだ。どんなに重い病気でも一生懸命生きてきた。おいらにとっちゃァ大事な妹です。どうか末長く、大事になさってください！」

その叫ぶような声は、低いが周囲によく通る心地よい声で、その場は、しん、と静まった。

遠くに大川の船が行き来する声——。

だが、この『墨亭さくら寄席』の幟の下だけ、みな、押し黙っている。

土下座する代助を見下ろすように、小太郎は、重々しく言った。

「うむ——。相わかった」

「は」

「この赤井御門守の名にかけても、お淳の方を粗略に扱うことは、ゆめあるまいぞ」

「ほ、本当にございますか」

「武士に、二言はないのじゃ」

「は、ははあ――ッ！」

「そして」

と、殿様は言った。

「代助――。貴様は、まれにみる孝行者と見た。機転も利き、態度よろしく、心根正しき者である」

「め、滅相もない」

「明日より、この赤井屋敷へ出仕せよ」

「え？」

「俸禄、百石を与え、士分とする――。皆の者、わかったな！」

「な、なんと」

殿様は、代助の顔を見て、声を優しくする。

「もちろん、お前がよければ、じゃ」

「な、なんたること」

「これは、滅多にない出世、違うかの」

「あ、ありがたき幸せ」

「はっはっは、これにて一件落着じゃ！」

小太郎は、代助が持っていた拍子木をゆっくり手に取ると、大きく打った。

チョーン、チョーン、チョン、チョン、チョン……。

そして、目の前に集まった見物に頭を下げる。

しばらくの沈黙の後。

ぱち、ぱち、と拍手が始まり、やがてそれは万雷のものとなった。

お捻りが、ぽんぽんと飛んできた。

その中で小太郎、改めて頭を下げ、大声で言った。

「ご見物の皆様、ありがとうございます。ありがとうございます――。本日のこの縁起のいいお話、当代の名人のお題を拝借、その名も〈妾馬〉。ありがとうございます、ありがとうございます」

その横で、代助は茫然と頭を下げている。

何が起きているのかわからない風情だ。

「よかったぞ！」

「面白かった」

「墨亭さくら寄席、またやれよ！」

小太郎がそっと見ると、人混みの後ろに立っていた奉行所の同心が、仏頂面で、くるりと背を向けて去っていくところだった。

その日の夜、鳥越の仙遊亭さん馬の家。

懐手して首を捻り、思案顔をしながら家に戻ってきたさん馬を見て、おかみのおりんは言った。

「お帰りなさい。どうだった、小太郎の奴は？」

「いや、驚（おで）れえたね」

「どうしたんだ？」

「あいつら、露天で、おいらの〈妾馬〉をやりやがった」

「へえ――。おまえさん、一度も小太郎の奴に稽古なんざしたことはないんだろ？　下働きの奉公をしながら、高座を盗み見ていたとでもいうのかね。それで、どうだった？ 上手だったかい？」

「それが」

さん馬はしょぼつく目を、上目遣いにしておりんを見て、

「落語のテイにもなっちゃいない――驚くほどに、下手だったがね」

と言った。

「あきれた。なんだい、それは」

「だが、妙に、胸を打つ〈妾馬〉だったな」

「へえ」

おりんは、さん馬の上衣を受け取りながら、酢を呑んだような顔をした。

旦那の、こんな顔を見るのは久しぶりだ。

他の者にはわかるまいが、おかみの自分にはわかる。

さん馬は喜んでいる。

「すぐに熱いお茶をいれますよ」

「頼む」

てきぱきと薬缶と急須を持つおりんの背中に向けて、さん馬は独り言のように言った。

「小太郎の野郎。こっちが知らねえと思ってやがるンだろうが、あいつがおいらに黙って浜町の高座に上がり、一言も喋れずに終わったてえ話は、ちゃあんと聞いてるんだ。この世界、熱い思いだけじゃァどうにもならねえ。才能(みこみ)がねえってぇのなら、きちっと引導を渡してやるべきかと思案していたもンだが、どういうわけだ、あいつ、いざとなりゃァ、なかなか堂々と喋りやがるじゃァねえか。下手は下手なりに、ご見物の心をしっかと捉えていたぜ」

「ふうん」

「ふふふ――。芸の世界には、こういうこともある。見る者の心を打つのは、上手とか、作法とか、そんなものじゃァないのさ。語り手の心がこもっていりゃァ、あんなに下手な噺でも伝わることがある。そしてそれが、一番難しい」

「そんなもんですか」

目の前に湯呑(ゆのみ)が差し出される。

さん馬はそれをひと口啜(すす)ると、長火鉢のふちに置き、

「『墨亭さくら寄席』か。面白くなってきやがった。祝儀だてんで、小判を二枚、心づけに叩きつけてやったぜ。ふふ。ふふふふ――」

と、莨を吸うための炭を、火箸(ひばし)で探しはじめた。

第二席　景清（かげきよ）

「あの医者の野郎、ふざけやがって」

神田駿河台の医師、鈴木良仙の屋敷から出てきた代助は、吐き捨てるように言った。

駿河台のお屋敷街。

長い板塀や土塀が、両側に延（の）びているような町である。

後ろには、申し訳なさそうに、お淳が立っていた。

粗末だが、清潔（きれい）に洗った小袖（こそで）。

元は桜色だったものが色落ちして薄くなっている。

小太郎は、お淳の表情を気にしながら、言った。

「代ちゃん、門の前で、いきなり大声で悪口を言わなくてもいいじゃないか。聞こえるよ」

「構うもんか、こんちくしょう。貧乏人から、二十両も取りやがって！」

代助は止まらない。

「こっちは、一世一代ってえ気持ちで来たんだぞ。何が『ううむ、どうにもわからぬ、ともかく滋養を摂って安静にせよ』だと？　その辺の町医者でも言えるぞ。ふざけるな、あの野郎！」

代助の声はあたりに響く。

だが、確かにその通りだった。

三人は、大きな屋敷の、中庭に面した待合部屋に通され、一刻（約二時間）も待たされたあげくに診察室に通された。

そこでもまた長々と待たされて、ようやく出てきた脂ぎった尊大な中年の医者に、脈を取られ、たいして話を聞く様子もなく『ふうむ、わからんな』などと言われたのである。

納得しろと言うほうが無理だった。

きちんとした説明も、きちんとした薬の処方もない。

渡されたのは、気休めの頓服薬だけだった。

そのくせ、しっかり謝礼は取ったのだ。

三人は、唖然（あぜん）とした。

「『よくわからないから、ひと月後にもう一度診（み）せろ』だと？　ふざけるな。偉そうに絣（かすり）の着物なんざ着やがって」

代助の怒りは止まらない。

後ろにしょぼんと立っているお淳が、寂しそうに肩を震わせる。

小太郎は慌てた。

「お淳ちゃん、そんな顔をしないでおくれよ。お医者様だって神様じゃないさ。別にお淳ちゃんが悪いわけじゃないよ」

「——ごめんなさい……。大丈夫」

「違うよ、そうじゃない。おい、代ちゃん、何とか言えよ」

「すまねえ」

悲しそうな妹の様子を見て、代助は、しまったというような表情を浮かべ、取り繕（つくろ）うように言った。

「お淳、お前（めえ）を落ち込ませるつもりはなかったんだ。短気で口が悪（わり）ぃのは江戸っ子の性分。勘弁しな。それでもあの医者、頓服ぐれえは出しやがった。そいつはきちんと呑（の）むんだぜ」

「――うん」

「ともかく、お淳、お前は何の心配もいらねえんだ。全部、このお兄ちゃんに任せておきな。小太郎、お淳を頼んだぜ」

代助はそう言い捨てると、二人を残して足早に去って行ってしまった。

◇

それから、小太郎とお淳は、本所までの長い道を、休みやすみ歩いた。

普通であれば一刻とかからない道のりだが、なにぶんお淳は体が本調子ではない。ゆっくりと、休みながら歩く必要があった。

「ごめんね、小太郎ちゃん」

お淳は言った。

「何を言っているのさ。こっちこそ、辻駕籠（つじかご）を使うぐらいの甲斐性（かいしょう）があればよかったんだが――歩かせてごめんよ」

「ありがとう。大丈夫」

お淳は、弱々しげに笑う。

「つらくなっても、しばらく休むとちゃんと動けるようになるの。きゅーっとお腹が痛くなっても、すぐに戻る。波のような感じなんだ。待ってね」

「うん。わかっているよ。気にしないで」

（こんなこと、ずっと昔にも、あった気がする……）

小太郎は、駿河台を降りていく坂道の上に浮かんだ白い雲を眺めながら、古い記憶をたどった。

あれは、九つ、十の頃だろうか。

代助が危ない連中との義理を果たしに出かけてしまった夜、お淳とふたりで帰りを待っていた。

代助とお淳の父親は博奕打ちで、滅多に家には帰らない。

母親はその父親の暴力に耐えられず、とっくに家を出て行ってしまっている。

いつも留守居を頼まれていた小太郎は、お淳を少しでも楽しませようと、気が付いたときに、包み紙やヤレ紙などを見つけては、とっておくようにしていた。

幼い頃から利発だった小太郎は、裏のお寺の和尚さんの使いをしたり、表店の古手屋の掃除やゴミ捨ての仕事をして、家計の足しにするようなことをしており、そういった折に見つけた紙を持ち帰っておいたのだ。

それらの紙には、浮世絵やら萬絵やらが刷られていることが多かったが、いずれもバラバラで、適当に話をつなげて、でっち上げねばならない。

小太郎はそんな紙っきれに描かれた岩見重太郎を見せながら、

「そのとき、狒々が突然、襲ってきたんだ！」

などと、即興の物語を作る。

幼いお淳は、小さな膝をそろえて、大きな目を瞠き、じっと、小太郎の話を聞いていたものだ。

しかし少しでも噺が途切れると、お淳はとたんに寂しそうな顔をして、風の音に耳をすませるような顔つきをして、

「お兄ちゃん、大丈夫かな」

などと言う。

だから小太郎は、必死で噺の穂を継がねばならないのだった。

なつかしい――。

今思えば、あの頃から小太郎は噺が好きだったのかもしれない。

もっと上手に話して、お淳を楽しませようと工夫をしていたものだ。

そんな感慨にふけっていると、ふと、お淳は、

「お兄ちゃん、大丈夫かな」

と、子供のときと同じセリフを言った。

小太郎は思わず、あの時と同じ言葉を返した。

「大丈夫さ、お淳ちゃん。どんなことがあっても、代ちゃんは必ずお淳ちゃんのところに戻ってくる」

しかし、今日のお淳は、

「そんなことじゃないの――」

と、昔とは違う返答をした。

「今のお兄ちゃんは、あたしを治して嫁に出すってことだけが生きがいなの。それが心配なのよ。自分のことだって、ちゃんとしなくちゃいけないのに……」

「――」

「無茶なことをして、ケガをしなければいいけど」

その小さくて細いけれど、背筋の伸びたお淳の言葉を聞いて、小太郎は、時は流れたのだなと思った。代助も、自分も、お淳も、あれから三年分だけ大人になったのだ。

するとそのとき、

「小太郎！」

と背後から声をかけられた。

小太郎はびくりとして振り向く。

すると、そこには兄弟子のへい馬が、買い物籠に、葱やら野菜やら、経木に包まれた干物らしきものやらをいれたものを抱えて、立っていた。

へい馬は、小太郎とともに仙遊亭の雑事を分け合う前座の奉公人で、先輩風をふかしながらも年下の小太郎のことを気遣ってくれる面白い先輩である。

口元には、がちゃっと揃わない乱杭歯が飛び出し、顎が細くて、頬骨が尖っている。全体的にどこか貧相な雰囲気の、十七歳だった。

「な、なにやってやがる、この野郎」

「あ、アニさん」

「てめえが、師匠の家からいなくなって、買い物から掃除から、なにからなにまでこっちに回ってきたんだぞ。そ、それがなんだ。こんな神田の町中を、真っ昼間からオンナを連れて歩きやがって」

この江戸で町中で娘を連れて歩くなど、大人でも滅多にやらないことだ。

「こ、こっちはこんなに忙しいてぇのに！　お、オンナ連れだと？　し、しかも、年頃の！　うらやましい。ちくしょう、ふざけんなあ！」

へい馬は、両手が買い物の荷物で埋まっているので、空いている足で、地団駄を踏んでみせた。

「お、オンナ連れなんてそんな――」

小太郎は慌てて言ったが、確かに、どう見てもオンナ連れである。

「アニさん、いや、これにはわけがありまして。この子は、あの、その、妹のようなもんで」

「妹？　妹なのかァ？」

「い、いや、妹じゃねぇんですが」

と、小太郎の声は、とたんに小さくなる。

「妹じゃねえだとう？」

へい馬の勢いは止まらない。

すると、その様子を見たお淳が進み出て、すかさず挨拶をした。

「小太郎ちゃんの、兄弟子様ですね――」

「う」

「いつも、小太郎ちゃんが、お世話になっております」

その場に、ぱっと花が咲いたかのような娘の笑顔に、へい馬はたちまち圧倒されている。

「あたしは、小太郎ちゃんと同じ長屋で育ちました、お淳と申します。今日はどうしても駿河台に参らねばならない用事がありまして、小太郎ちゃんに介添えをお願いした次第です。ひとり歩きが不安だったものですから……。ご迷惑をおかけして、申し訳ございません」

折り目正しく挨拶をされ、へい馬は、

「い、いや、別においらは迷惑なんて」

と口ごもり、小太郎とお淳を交互に見た。

そして気を取り直したように咳ばらいをすると、先輩の威厳を見せるごとく胸を張り、

「ま、まあ、いいや。この娘に免じて、てめえが岩本町を女連れで歩いていたなんて、師匠には言わないでおいてやる」

などと言った。

その言葉を聞いて、小太郎ははっとした。

（師匠――）

そうだ。

今自分は、師匠にとんだ不義理をしている。

売り言葉に、買い言葉――場の流れで代助にひっぱられて鳥越の仙遊亭を飛び出して、櫻長屋に帰ってしまったうえに、挨拶にも行かないまま、十日も過ぎてしまった。

大失態である。

「――てめえ、いつ、鳥越の仙遊亭に戻ってきやがるんだよ」

「アニさん、戻れますでしょうか？」

小太郎は、へい馬の顔を見上げるようにして、言った。

「お師匠は、おいらが不義理を、お許しになられるでしょうか」

小太郎は弱気だ。

その様子を見たへい馬は、ますます頭にきたようで、

「うるせえよ！」

と叫ぶ。

「てめえのぐ、だ、ぐ、だはいいから、早く鳥越に戻って、さっさと師匠に頭を下げやがれ！　てめえが殴(なぐ)られようが、叱(しか)られようが、おいらは関係ねえ。わかっているだろ

うが、師匠は、芸事となるとうるせえが、それ以外となると、いい加減というか、適当というか、ともかくそういう人だよ。家事の手が足りなくて困っているのは確かなんだから、なんとかなるだろうよ」

「そ、そんなもんでしょうか」

「ともかく、早く戻って、掃除洗濯お茶出しをおいらと手分けしろ。わかっているだろうが、江戸の寄席がいくら潰れたって、まだ頑張っている席亭さんはいらっしゃるんだぜ。寄席があるってぇことは楽屋仕事もあるってこった。その大変さは充分承知だろうがよ」

「へえ」

小さくなって聞いている小太郎――。

その様子を見てお淳は、また一歩前に進み、言った。

「兄弟子様、ありがとうございます。横でお話を伺い、すっかり事情が呑み込めました。小太郎ちゃん、あたしのほうは大丈夫よ。――またお兄ちゃんが無茶したのね。小太郎ちゃん、優しいから巻き込まれたのでしょう」

「そんな」

「小太郎ちゃんも明日がかかっているのよ。これ以上あたしたち兄妹に関わっていちゃいけないわ。それにしてもお兄ちゃんも、ひどい。幼馴染（おさななじみ）を連れ回して、奉公の邪魔をするなんて、とんでもない迷惑だよ」

「迷惑じゃないよ」

小太郎は言った。

「もしかして、小太郎ちゃん。あたしが病気だから？」

「え？」

「あたしが病気だから、気を遣ったの？」

「い、いや、そンなわけ……」

するとふたりのやり取りを聞いていたへい馬が、鼻白んだような顔で、

「なんだ、お嬢ちゃん、病気なのかい？」

と、言った。

「そりゃァ、悪いことをした」

そして、お淳の顔をまじまじと見る。

「ううむ、確かによく見りゃァ、青白い顔をしている。首も、腕も細いな」

仕方なく、小太郎は頷（うなず）いた。

「実は、そうなんで」

「そうかあ、そいつは難儀だな」

「……すみません。あかの他人の兄弟子様に、こんな混みいったことをお聞かせして」

と、これはお淳。

そして、わかったように頷いた。

それを聞いたへい馬は、態度が随分柔らかくなっている。

「構わねえよ。おいらも江戸っ子だ。貧乏人同士が助け合うのが流儀ってもんだ。だが病気かあ。さすがにおいらにもできるこたあ限られてくるってモンだぜ。――で、小太郎。てめえは、この娘さんをどう治そうってえ目論見なんだい？」

へい馬はそう言った上に、あきれた表情になって続ける。

「それに、いってえ何をやってるンだよ――。普通、医者てぇものは家に来てもらうモンだろうが。こんな町中を病人にじかに歩かせるなんざ、相変わらずてめえは間抜けだな」

「――それが今日は特別なんで。前田家お出入りの御典医鈴木良仙先生に診てもらうことができるってンで、出てきたんです」

「鈴木良仙！」

へい馬は言った。

「有名な医者だな」

「はい。そのために、朝から準備して、駿河台くんだりまで――。今はその帰りなんです」

「なんでぇ、そんな事情かァ」

へい馬は少し思案顔になり、

「で、どうだったい?」

と聞く。

「それが、はかばかしくなく――。鈴木先生は脈を見たぐらいで『うーむ、わからぬ、難しいなあ』などとおっしゃり」

「そうだろうなあ」

「え? どういう意味ですか?」

「昨今、鈴木良仙のような世襲の本草医者は、頼りにならねえって評判だぜ。てめえ、噺家のはしくれなら、〈百年目〉に出てくる〈玄白先生〉を知っているだろう。最近の本草医者は、あんな連中ばっかり。大名家や商家に出入りしてぺらぺら舌を回し、調子のいいことを言って、金ばかりをとる幇間医者ばっかりだってえ噂がもっぱらだ」

「ええっ」

「本当に治そうと思ったら、洋医がいい」

「洋医？」

「そうさ。昨今じゃァ、水野忠邦が洋学を虐(いじ)めて『蛮社(ばんしゃ)の獄(ごく)』だなんだと騒がしいが、まだ江戸府中(ふちゅう)には心ある洋医が隠れているってえ噂だ。そっちにしろよ」

「そうなんですか？」

「おいらも、詳しくは知りようがねえけどなあ」

へい馬は、そう言うと、買い物籠をもう一度持ち直し、

「くそう、重いなあ。ともかく、なんでもいいんだ、早くてめえは戻ってきやがれ。なんで兄弟子のおいらばっかりがこんなに下働きをしにゃァならねえんだ。いい加減にしやがれ」

などと、毒づきながら、去っていった。

その夜、櫻長屋に代助は帰ってこなかった。

小太郎は、お淳を奥の三坪（借部屋）まで送り、床を敷いて麦飯と汁を用意してちゃんと食べるように言うと、空いてる部屋を探して、そこに忍び込んで寝た。櫻長屋にはいつも空き部屋があって、見つかっても、いくらでも言い逃れはできる。下町の破れ長屋など、いい加減なものである。

すると翌朝。

代助がぼろぼろの姿で、その何もない部屋に転がり込んできた。

ほとんど下帯一丁で、殴られたものか顔のあちこちを腫らした、ひどい姿である。

「ど、どうしたんだよ」

驚いた小太郎が聞くと、

「うるせえ、余計なことを聞くな。さっさと着物を貸してくんな。これじゃァ、てめえの部屋に帰れねえ」

などと言う。

小太郎は、ため息をついて、

「そんなことを言ったって、おいらのところだって何にもないよ。待ってな、借りてくるから」

と言って立ち上がり、向かいに住む大工の金五郎の部屋の戸を叩いて事情を話し、お古の甚平を借りてきた。

それを着た代助は、

「恰好悪いなあ」

と文句を言ったが、

「贅沢言うなよ。あるだけましだ」

小太郎は叱りつけておき、問い糺した。

「それにしても、そのなりは……」

代助は、そっぽを向いている。

「もしかして、やばい場所に行って、身ぐるみ剝がされたんじゃないのかい？」

「――」

「もしかして、賭場かい？」

代助はむっとした表情で口を尖らせていたが、やがて白状する。

「ああ――」

「駄目じゃァないか。丁半は、玄人の世界だ」

「おいらは、玄人だ」

「何を言ってるんだ。相手は盆で食ってる連中なんだぞ。太刀打ちできるわけねえだろ？」

「うるせえ、うるせえ」

代助は頭を振った。

「仕方ねえだろうが、こんちくしょう。おいらみてえな氏も素性もねえ奴が、手っ取り早く稼ぐにゃァ、博奕しかねえんだ。両国の辻で何度も仕事して、やっと集めたカネは、医者への謝礼で消えちまった。またお淳を医者に診せるにゃァ、例のシノギを二十回はやらなくちゃならねえ。時間がねえよ。もらった頓服が切れる前に、もう一度稼がなくちゃ、お淳がますます悪くなっちまう」

「――」

「こうなりゃ、日本橋の商家の蔵でも狙ってやるか」

「何を言うんだよ」

「構うもんか。あんな偉そうなクソ商人どもの蔵には、稼いだカネが山と積んであるんだ。さんざんおいらたち貧乏人を食い物にしやがって。ちくしょう――」

「待ってくれよ。落ち着けよ、代ちゃん」

小太郎は言った。

「コソ泥ならともかく、蔵を破るような仕事は、本職の盗賊の仕事さ。捕まったら、首を斬られちまうんだぞ」

小太郎は、必死で言う。

「それに、昨日、駿河台の帰りに、岩本町で兄弟子に会ったんだ。アニさんに言われたよ。昨今、本草医者は頼りにならない。洋医にしろって」

「洋医だとォ？　江戸じゃア、今はご禁制じゃあねえか。鳥居耀蔵がどいつもこいつも牢屋に放り込んじまった」

「それが、アニさんの話じゃあ、心ある洋医がまだ江戸のどこかに隠れ住んでるっていうんだ。――おいら、探してみようと思う」

「ふうむ」

代助は、顎にこぶしを当てて、考え込むようなしぐさをする。

「――そいつは、どこにいるっていうんだよ」

「う……。それはわからない。でも、頑張って探すよ」

「洋医だって、カネは取るんだろう？」

「そ、そりゃァ取るんだろうね」

「じゃあ、やっぱりカネが必要じゃねえか！」

代助は、こぶしで床板を叩いてみせた。

「どっちにしろ、カネが必要なんだ。この世は、カネなんだよ、ちくしょう」

確かにそうだ。

だが、どうすればいいのか。

「代ちゃん」

「なんだよ」

「おいら、やっぱり、もう一度、師匠のところに行って頭を下げようと思う」

「なんだ、また、あのクソジジイと癇(かん)じみたババアの下で、下働きしようっていうのか」

「昨日、道端で会ったアニさんは、謝りに行けば、許してくれるはずだって言っていたよ」

「なんだ、頼ろうっていうのか。てめえが、その鳥越の師匠の家の金蔵(かねぐら)から、二、三十両かっぱらってきてくれるてんなら文句はねえがな」

「な、なんてことを言うんだよ！」

小太郎は言った。

「そんなこと、出来るわけないだろう」

「じゃぁ、意味ねえじゃねえか」

代助は吐き捨てるように言う。

「……確かに昨日は、竪川沿いの武家屋敷の賭場(あそびば)に飛び込んで、なんとか丁半でカネを摑(つか)もうと頑張った――。だが、このザマさ。てめえの言う通り、まったく稼げなかった」

「そうだろう？」

「だが、そこで、おもしれえ話を聞いた」

代助の目が、ぎらり、と光った。

「寛政(かんせい)の昔、元柳橋(もとやなぎばし)のたもとに、筵(むしろ)引きの遊び場があったって話をな」

「遊び場？」

「ああ、キツネの賭場だそうな」

「キツネの？」

小太郎は、驚いた。

キツネ、というのは、素人衆がやるサイコロ賭博の一種である。

丁半博奕のように、盆の暗い明るいがない。

サイコロの出目を予想して、三つのサイコロを振り、予想した目が、一つ出れば、二倍、二つ出れば三倍、三つ出れば五倍の金額がもらえる。

「元柳橋と言やぁ、高級な料亭街じゃないか。そんなところに？」

「だからよかったんだろうよ。あのあたりは、元の薬研堀の表玄関。この江戸でも一番の料亭が立ち並ぶ場所だ。ああいう場所には、江戸中から駕籠に乗って、金持ちの旦那連中がやってくる。すると、当然、おつきの連中もたくさんいる」

「そうだね」

「駕籠かき、船頭、下人、草履取り——こんな連中は、旦那衆が料亭ン中でうまいものを食ってる間、ずっと路上で待っているんだぜ。だからあのあたりにゃァ、そいつら目当ての蕎麦屋やてんぷらの屋台が並んでいる。昔、その中に、キツネをつかませる筵引きもあって、たいそう繁盛したっていうんだ」

「ええっ」

「お前が言う通り、本所竪川の武家屋敷なんぞに立つ賭場は、玄人衆が仕切る本格の賭場だ。名の通った、しっかりした腕の若い衆が仕切って、盆も明るい。だが、その分、相手を選ぶし、動くカネも大きいから、筋の通った博奕打ちでなけりゃァ、一気にやられちまうようなところもある。だが、キツネなら、堅気の町人の素人遊びさ。うまくやれば——」

「キツネかあ」

「元柳橋に、いちばん客が集まる夕暮れどき。そうだな、日が暮れた六つ半あたりにしけこめば、旦那衆を料亭に送り届けたばかりで時間がある駕籠かきや船頭が、手すさびに集まってくるはずさ。そこで、稼ぐ……」

「そんな賭場——昔の話だろ？　どこにあるんだよ」

「だから、さ」

代助は言った。

「客で行くんじゃねえよ。おいらたちが、やるんだ」

◇

夜も浅い、六つ半（午後七時）の元柳橋——。

目のまえの大川には屋形船が浮かび、まだわずかに光が残る空には、赤い筋雲が筑波嶺の方向に延びている。

日中は川下から川上に吹いていた風が、ゆっくりと逆の方向に変わったようだ。

墨堤に植えられた柳の木のやわらかい枝が、ゆらゆらと川下のほうに揺れていた。

そんな土手沿いに〈妾馬〉の噺で辻を盛り上げた『墨亭さくら寄席』の幟が翻っている。

「これ、本当にいいのかなあ――」

と、小太郎は、複雑な表情をした。

「いいんだよ、枯れ木も山の賑わいだ。あるものをなるべく使うんだ」

代助は気にしない。

「それに、賭場なんぞとおおっぴらに書くわけにも行くまいよ」

つまり、噺を聞かせる堅気の筵引きに見せて、秘かに客に引き込んで、賭博をやらせようというわけだ。代助は、長屋の手下のガキ、熊吉、辰、留蔵らに命じて両国の人混みで客引きをさせている。

ふたりが、竹をくみ上げた枠組みに筵を掛け回した『筵引き』の中で待っていると、商家の手代らしいさっぱりした若者が、ひょいと顔を出した。

「へい、いらっしゃい」

代助は愛想よく言う。

「おじゃましますよ――。お得意様との約束の時間まで間が空きましてな、どうしたもんかと橋のたもとに立っていたら、ちょいとお兄さん、と声をかけられたんですよ。短い時間でちょいと遊べるって聞いたけど、本当ですか」

「へえ、その通りでございます」

「ありがたいことです。酒を呑むわけにもいかないし、女って気分でもない。この暇な時間に、手持ちを増やせるってえのなら、こんなありがてえことはありません」

若者は、商人らしい丁寧な言葉を使う。

「――こちら、キツネですが、よろしいですか」

「願ったり、叶ったりですよ」

にこにこと、縁台に座った。

「お客さん、茶でも飲みますかい？」

「いや、それにゃァ、及びません。それより早く勝負したいな」

代助は、手元に用意した台に置いたマス目をさして、

「へえ。では、こちらにお賭けになっていただきます」

と言う。

マス目には、一から六までの数字が書いてある。

若者は、

「ふうむ」

と唸(うな)って、

「おふくろが三月生まれだから、三にしますよ。三に十六文――」

と言い、四文銭を四枚、じゃらりと置いた。

「では、賽(さい)をお確かめください」

「うむ」

客は、代助に渡されたサイコロを手に取って、

「問題ねえ。ちちんぷいぷい、頼んだぜ」

と言って賽を返す。

代助は、愛想よく、丁寧に受け取り、

「へえ、勝負！」

とツボに入れ、目の前に置いた盆台に、ばん、と伏せた。

そして、

「開けます！」

と言って、大きく開けた。

⚀⚃⚅――。

「残念！」

代助は、四文銭を四枚取って、横の籠に放りこむ。

「あっ、ちくしょう」

「また勝負しますか？」

「もう、少しできますかな」

「では、どうぞ」

「うーむ、じゃァ、もう一度、おふくろにあやかって三だ」

また、賭け金は四文銭四枚だ。

「はい、また賽のお確かめを」

「うむ。大丈夫、ふってておくんなさい」

「へえ、勝負」

またツボを伏せて——。

「開けます」

と言って、また開ける。

⚁⚃⚄——。

「残念！」

「ああ、こんちくしょう」

「いかがですか？」

「最後だ——。だが、今日はついていないようだから、これで止めておきます。最後、気分よく終わりてえな」

「はい、では最後。張ってください」

「また三だ」

今度は慎重になったのか客は、四文銭一枚を、三に張った。

「はい、賽をお確かめください」

「よし、大丈夫！」

「では、勝負！」

⚂⚄⚅——。

「はい、キツネがやっと鳴いた——。おめでとうございます！」

代助は、籠から四文銭を二枚出して、客に渡した。

客は、カネが倍になったので、大喜びである。

「わ、やった、やった」

「賽の流れが、変わったのかもしれねえですね」

「そう思うかい？」

「お客様の数字、三が三回目で出ましたからねえ。これからとんとん行くかもしれませんぜ」

「そうか——。んじゃァ、最後の最後だ。全部、三に張って取り戻すか。帰りに、蕎麦の一杯(いっぺえ)でも食いてえや」

客は、そう言って、鼻息荒く、倍になった四文銭に、紙入れから出した新しい銭を加えて、七枚の四文銭を、三に置いた。今失った銭を、すべて取り返す気である。

客の言葉遣いはどんどん乱暴になって、いつの間にか、商人というよりは、職人のような物腰だ。

三つのサイコロのうち、ひとつでも三が出ればいいのである。

代助は気にもせず、落ち着いている。

「お客さん、賽の確認を」

「かまわねえ、どんと、やってくれ」

「へえ——」

代助は、表情を変えずに、賽を振る。

「勝負!」

⚀⚂⚃——。

「あ、ああっ！」

「残念」

「こ、こんちくしょう！　やられたぜ、くたばれ、この野郎！」

手代らしい若者は、立ち上がり、悔しそうに地団駄を踏むと、最後は悪態をついて出ていった。

籠には、四文銭が、十四枚。

すなわち、五十六文が残った。

すると、代助は、小太郎を見て、

「どうだい？」

と言った。

「——もう五十六文」

小太郎は、驚いた。

「こんなもんだ」

「す、すごい」

「あの客、若造だったから賭け金も安かったが、もう少ししっかりした旦那だったら、二百や三百は取れるぜ」

「で、でも、あそこで三が出たら、どうするつもりだったんだい？」

「出ないさ。そうなっている」

「え？」

「おいらたちの手元には、備えのカネがねえから、最初の二発は巻き上げて、手元のカネを用意する必要があった。だから三を出さなかったのさ。三発目で少し勝たせたのが、みそだな。最後はもう、賽の確認もしなかった。すっかり頭に血が上っていたぜ。ああなりゃ、こっちのもんだよ」

そう言う代助の横顔を、小太郎は、茫然と見た。

代助の瞳の色は変わらず、口元は不敵に緩んでいる。

「な、な、な」

「なんだよ？」

「今の、いかさまだったというのかい？」

「わからなかったか？」

「わ、わからないさ」

「――ここに」

代助は言って、縁台に置いた賽を見せた。

「仕掛けの賽が仕込んである。客にわからないように差し替えている」

代助のその言いざまにも驚いたが、空だった籠に、もう蕎麦三杯分の五十六文ものカネが入っていることにも驚いた。

「ま、まずいよ！」

真面目な小太郎は、震えた声を出す。

「何をぬかす」

代助はあきれた顔をする。

「どんな賭場でも、いかさまがあるのは当たり前。どいつもこいつも、そいつを知ったうえで駆け引きをするってもんだ。それが博奕の面白さじゃあねえか」

「こ、怖くなってきた」

「びびってンじゃねえよ。やるしかねえんだ――」

この調子で、代助と小太郎は、この夜わずか二刻（約四時間）の間に、六千文ものカネを稼ぐことになった。

一両を超える金額である――。

「す、すごい、すごい」

小太郎は胸が沸き立つような気がした。

先日の『さくら寄席』に迫る額を、わずかな間に稼ぐことができたのだ。

賭博の胴元が、こんなに儲かるものだとは。

（危ない橋を渡っているのはわかっている。でも、この儲かり方は、凄い――。すぐに、お淳ちゃんを洋医に診せることができるかもしれない）

小太郎は、興奮している。

だが、代助は横で、暗い顔をしていた。

「ど、どうしたのだい？」

「いや、なんでもねえ。ともかく、明日も明後日も、同じ刻限に幟を立てるぜ。急いで稼いで、さっさと手じまいするんだ」

それから三日間、代助と小太郎は、日が暮れてから両国橋を渡り、元柳橋の近くに筵引きを出して稼いだ。
カネは見るみる間に貯まっていく。
また、代助は、巧みに客を勝たせるから、だんだん口伝手で評判が広がっていく。

（日暮れからやっている『墨亭さくら寄席』の筵引きは、実は、隠れた遊び場で、なかなか楽しい――）

秘かに料亭の下働きの奴たちの間で噂が広がり、三日目には、客引きをしなくても、客が入るようになってきた。

だが、代助の横顔は、緊張したままだ。

ときどき、代助が小太郎に聞く。

「――どれぐらい、稼げた？」

「ええと、もう、十両近くにもなるよ。凄い」

「ふうむ。だが、まだ足りねえな。てめえが探してくれる洋医がいくらぐらいで診てくれるものかわからねえが、もう少し稼がねえと不安だな」

代助は、そんなことを言った。

「よし、急ごう。あと十両――いや、五両でいい。ともかく少しでも頑張って、さっさと手じまいをしよう」

小太郎がそう言った時。

荒縄を下げた入り口から、恰幅のいい、顎の張った鋭い目つきの町方が、ずいっと入ってきた。

細い月代に、細い髷。

粋な江戸っ子の流行りだ。

恰好から見て、堅気の大将だが、随分と押し出しが強い。

後ろには、若い者をひとり、連れていた。

「ちょいと、いいかい」

「へえ、勿論です。お遊びですかい？」

「ふうむ。なかなかいい場所だな」

「へえ、どうも」

「酒も出すのかい？」

「いえ、酒は出しません。茶だけです——」

「ふうむ、いい心がけだ。ところでおいらは、こういうものでな」

男は下から覗き込むようにして言うと、懐から十手をちらりと見せた。

「！」

小太郎は、息を呑んだ。

岡っ引きである。

代助の横顔が、ぴくりと引きつったのが見えた。

「米沢町（よねざわちょう）で十手を預かる、甚七（じんしち）ってもんだ」

「へえ、お名前は存じ上げております」

「てめえ、どこのもんだい？」

「へえ、川向こう、本所の林町でして」

「そうかい、じゃァ、本所の貫太郎（かんたろう）親分のところのモンだな。おいらとは縄張（シマ）が違うなあ。ところでてめえ、貫太郎親分のお墨付きはもらっているのかい？」

「い、いえ」

代助は黙った。

目つきは鋭く甚七親分を睨（にら）んだままだが、汗がじっとりと額（ひたい）に浮いている。

甚七は、ゆったりと縁台に腰をかける。

手下の若い者は後ろに立ったきりだ。懐から手を出さないのは、短刀（ドス）でも呑んでいるのだろうか。

「ふうむ、見たところ、随分若（わけ）えな」

甚七はまじまじと代助の顔を舐（な）めるように見た。

「いくつだい？」

「へえ、十六で――」

「そうかい。若くて知らねえかもしれねえがな……」

と甚七は、代助を意地悪に見上げ、低い声で脅すように言う。

「――おいらみてえに十手を預かる者はな、奉行所の旦那の御用も承る一方、地回りの親分や旦那衆とも昵懇で、なにか困ったことがあると、双方の間に入って穏便にコトを収めるのが役目ってもんでな」

「存じ上げております」

「この遊び場のことを、奉行所はまだ知らねえが、地回りの旦那衆の知るところとなり、随分と気にされていてなあ」

「へえ」

代助は、声だけ謙虚に、下手に出て腰をかがめていながら、鋭い目つきでこの岡っ引きを見ている。

代助は、鋭く言う。

「親分――。もとより丁半は玄人衆の仕事です。そいつはよーくわかっております。だが、ウサギ、キツネ、タヌキの類は素人の領分でしょう。地元のガキのおいらが稼いだところで旦那衆にはご迷惑はおかけしないと思いますがね」

ウサギ、キツネ、タヌキは、それぞれ博奕のうち、振るサイコロの数で異なる遊びの符牒である。

ウサギが賽はひとつ。

キツネは賽がみっつ、という具合だ。

「ふふふ。まあ、そりゃァ、仲間内でやるぶんには問題ねえって話だ。堂々とこんな場所に筵引きなんざを出されるとなると話も違う。旦那衆も黙っちゃいねえや」

「それにしては、ヤクザは、誰も来ませんぜ」

「旦那衆にしてみりゃァ、ガキのやることだってンで手荒なことをやらずに穏便に済ませてやろうってぇことさ。まずは手下をよこす前に、おいらが行って、話が済めばそれにこしたことはねえからな――」

代助の腕の筋が、ぴくりと動いたのを見て、小太郎は横からとっさに言った。

「親分！」

代助の爆発を防ぎたい、その一心だった。

「お？　てめえは？」

「へえ。こいつの友達でござんす。親分の言いてえことは、わかりました。今すぐこの筵引きは終わりにしやす。それでご勘弁下せえ」

「小太郎、黙っていろ」

代助が横から鋭く言った。

「親分。もとより素人のおいらです。最初からこの筵引きは急ぎのカネが貯まりゃあ、すぐにやめるつもりでおりました。だがカネはまだそろっちゃいない。かといって、盗みや叩きなど人の道に外れたことはやりたくねえ。やむに已(や)まれぬ事情があって始めたこの筵引き――。どうか、あと二日、やらせておくんなせえ」

「なんだとぉ」

代助の言葉に、甚七は目をむく。

「てめえ、代助といったな。ナメるんじゃねえぞ」

「――」

「旦那衆がおいらに相談に来たからにゃァ、今すぐこの場で止めにゃあならねえ。稼いだカネも耳をそろえて出しな。そうすりゃァ、旦那衆もおいらの顔に免じて許してくださる。おいらのメンツにもかかわるのだ。本当なら、承認(ゆるし)もなく、天下の広小路で賭場をひいた奴なんざ、指の一本や二本、腕の一本を差し出しても許されねえ。そこを、おいらの顔で収めようって話なんだぜ、このガキ。わかってンのか」

「こりゃ、賭場じゃァありません。一切、丁半にゃァ手を出してねえんだから。キツネの遊びは素人衆のものてえのが定法(じょうほう)だ――」

「うるせえ！　いくら稼いだ、この野郎」

甚七は立ちあがり、銭が入っている籠に手を出した。

「あ、この野郎、何をする」

「ガキが。死にてえのか、この野郎」

「このカネで、妹を医者に診せるんだ！　やめろ、この野郎」

ふたりは揉み合いになった。

「親分！」

すかさず甚七の手下が、助けに入る。

小太郎も必死で、前に出た。

喧嘩（けんか）は苦手だが、代助をなんとか助けなければならない。

その結果、狭い筵引きの中で、四人の男が押し合いへし合いする状況となった。

細い竹の柱ががさがさ揺れて、今にも筵引きが倒れそうだ――。

もともと仮設の屋台に毛が生（は）えたような小屋である。

すると、そのとき、入り口の荒縄の向こうから、

「何やってんだ、てめえら」

という聞き覚えのある声がした。

四人が振り向くと――。

そこには、鳥越の、仙遊亭さん馬が立っていた。

後ろには、驚いて目をまん丸くした兄弟子のへい馬が、お付きの風情（ふぜい）で風呂敷を抱えている。

「なんだよ、お座敷に呼ばれて薬研堀に来てみたら、どこかで見たことのある幟が立ってやがる――。またどっかのバカが、活きのいい噺でもやっているのかと思って覗（のぞ）いて見たら、てめえらが相撲（すもう）をとっていやがった。なんだ、なんだ、何の芸だ、こいつァ」

小太郎は、

「お、お師匠！」

思わず叫んだ。

「いえ、これは、芸ではございません」

「それにどういう訳だ、よく見りゃてめえは、米沢町の甚七親分じゃァねえか」

「あら。これはこれは、鳥越の師匠じゃァございませんか」

甚七は、代助の顔をひっぱりながら振り返り、叫ぶように言った。

代助は鋭い目つきで大人たちを睨んだまま、声を発しない。

「よくわからんが、よろしくないな。まず、お互い離れろ」

さん馬はそう言うと、

「甚七親分、ここは、おいらが話を聞かせてもらおうじゃァねえか」

「師匠、参ったな。こっちはお役目のこって。ほっておいておくんなさい」

それを聞いて、さん馬は薄い頭にちょこんと結った髷のあたりを掻きながら言った。

「そういうわけにはいかねえや。ここにいるこのジャリは、俺ンところの見習いで小太郎てえ野郎なンだ。うちの若ぇのが迷惑かけたってンなら謝らにゃならねえ。まずは野郎ども、分かれてもらおうじゃねえか」

と、甚七と代助を無理やり分けてしまった。

◇

「なるほど」

さん馬は、甚七親分の説明を聞いて、何度も頷いた。

「そりゃあ、そうだなァ。あんたの言い分が正しいぜ。両国あたりの賭場の利権は、もより侠客の旦那衆が仕切っている。その意向を無視して、ジャリが勝手に稼いだんじゃァ、うまかあねえやな。こりゃあ、この若い奴らが悪い。折檻されてもしかたねえやな」

「なんだとう！」

　これは代助だ。

「黙れ。若造。てめえ、何をやったのかわかっているのか」

　さん馬は大声で叱る。

「本来なら、殺されて川に落とされ、アナゴのえさになってるところだぞ。旦那衆の恩情に感謝するんだな」

「ち、ちくしょう」

　代助の目は怒りで充血している。

「おいらは、妹のために必死で稼いだだけだ。それのなにが悪い」

「世の中にゃァ、ものの道理ってものがあるんだぜ」

「ふざけるな。大人ども。ふざけるな」

　代助は叫んで暴れるが、甚七の手下に押さえ込まれて縄を打たれている。

　小太郎は、その横で小さくなっていた。

その様子を見て、さん馬は頷き、甚七に言った。

「そこで、だな、親分。さっきも言ったが、実は、ここにいるこのジャリはおいらンところの弟子でな。小太郎って野郎なんだ。こいつのことは、おいらがしっかりと叱りつけておく。こっちの代助ってのはよく知らねえが、不思議と縁があるのだ。縁があるってことは、こりゃあ、見逃すわけにもいかねえや――。親分、どうか、おいらに免じて、こいつらを殺したり、腕を斬ったりすることは、やめてくれねえかなァ」

甚七親分は、不満そうに腕を組んでいたが、

「奉行所の旦那や、俠客の旦那衆にはなんと説明すればいいんですかい？」

と聞く。

「そうだな。もの知らずの若い連中が、多少迷惑かけたかもしれねえが、この仙遊亭さん馬が、ちゃんと説教してものの道理ってぇもんを教えるから許してくれ、とこう言ってもらおうかな。旦那衆にはおいらも手紙を書かせてもらうし、必要なら挨拶にも伺わせてもらうよ」

「師匠がそこまで言うンなら――」

「まあ、悪いな。おいらと親分衆の間柄だからな。今度、酒でも奢っとくからよ」

こうして、さん馬は、口八丁で甚七親分と手下を帰してしまった。

そして、あとに残った代助と小太郎に言った。

「ふう。よかった」

「よかったもんか！」

と、これは代助だ。

「だ、代ちゃん。師匠にお礼を言おうぜ。ともかく命が助かったんだ。今日の分のカネは取られたが、手も指も取られなかった。師匠のおかげだよ」

「うるせえ！」

と、顔を上げた代助の目は、怒りの炎に燃えている。

「早く大人になりてえ」

「え？」

「早く大人になりてえよ。なんでだ、なんでだよッ」

代助の叫びは、この世に対する叫びだった。

小太郎にはよくわかる。

だが、

「いい加減にしやがれ！」

と、さん馬は言った。

「てめえが不良のろくでなしであることはわかるぜ。だが、なんで次から次へと騒ぎを起こすのだ。両国橋でご禁制の辻芸をやったり、掏摸をやらせたり、ついにはけつを持つ親分もいねえってぇのに、賭場まがいのものを開いて稼ぐなんざ何者だ。命がいくつあっても足りねえぜ」

「うるせえ。てめえみてえな大人に」

代助は嚙みつくように、言った。

「おいらの気持ちがわかるもんかい！」

小太郎は、代助の脇に膝をそろえて座っていたが、やがて進み出て言った。

「師匠――。これには事情があります」

「おい、小太郎。おいらは、ここの料亭の座敷に呼ばれてるンだぜ」

「すぐに済みます」

小太郎は叫んで、急ぎ事情を説明した。

代助に、病気の妹がいること。

親はろくでなしで、あてにならぬこと。

代助は、必死でカネを貯めて、それを元手に、駿河台の鈴木良仙に診てもらったが埒が明かなかったこと。

妹を思う誠心に、曇りはないこと。

自分もまた、幼馴染として、なんとしてもその妹を助けなければならないと思っていること。

手伝うのは自分の義理であること――。

さん馬は、その話を聞き、ふと、脇に立っている幟を触りながら、

「ふうむ。それで『墨亭さくら寄席』ってわけか――難儀だな」

とつぶやく。

「事情はわかった。だが、世の禁忌に触れたり、道に外れることはいけねえよ」

「そんなつもりは」

「てめえらは、つまり、若くてモノを知らねえんだ。この世の自由はな、糸の切れた凧(たこ)なんかじゃァねえんだぜ。ちゃんと誰かに握られていて、はじめて自由に空を飛べるってモンだ」

その言葉に、小太郎は唇を嚙む。

なんだ、それは。

ふざけるな。

代助は、妹を助けたいだけだ。

それが、どう人の道に外れているというのか。

さん馬は、

「ふうむ。わかってねえって顔だな。まあ、仕方がねえ。だが、ともかく今日は諦めろ。おいらと甚七親分で話をつけたんだ。この筵引きは今日限りおしまいだ。そしておいらは、てめえらについて責任を負うってことで親分に帰ってもらった。今夜のおつとめは脇で控えて待っているんだぜ」

そう言って、後ろに立っていたへい馬に向かって、

「面倒見てやれ」

と言った。

◇

仙遊亭さん馬が、改めて威を整えて入っていったのは、『墨亭さくら寄席』の筵引きのすぐ目の前にあった老舗の料亭、『きよ志』だった。

大川の対岸に回向院の森を望もうという瀟洒な造りで、二階建てである。

大川には大小の屋形船が、あかりをともして上下しているのが見える。

小太郎も代助も、普段は足を踏み入れることなど決してない高級料亭だった。

店のおかみらしき中年の落ち着いた女性が出てきて、正面玄関から師匠を迎え入れる。

へい馬と、その後ろにくっついたふたりはそれを見送り、勝手口に回って、裏から料亭の敷地に入った。そして、へい馬が控えの部屋に回って師匠の身支度を手伝っている間、小太郎と代助は庭の隅っこで待たされた。

しばらくすると、へい馬が戻ってきて、

「今日の師匠のお座敷は、奥の離れだそうだ。おまえらは、外に座って師匠の噺を聞いておれとのご指示だ。一緒に行こう――」

こうして三人は、離れの方に回った。

すっかり夜は更けている。

三人は、座敷から漏れてくるあかりの中、庭に敷いた茣蓙の上にぴしりと座って、身じろぎもせずに待っていた。

やがて宴席から、わいわいと明るい声が漏れてくる。

どうやら座敷には金持ちの旦那衆が三人か四人。それに師匠と、女中と、芸者らしき女衆がいるようだ。金持ちの旦那衆は、差しつ、差されつ、酒を呑みながら、最近の幕閣の話などをしている。

「南町奉行の鳥居耀蔵には困ったものだ」

「いやいや、北町奉行の遠山金四郎も、あまり頼りになりませんよ」

「越前屋さんは江戸から身を引いたとか」

「しばらく江戸は不景気でしょう。大坂での商売に精を出したほういい」

「水野様と鳥居様の天下はしばらく変わらぬとのことですかな」

「われわれも身の振り方を考えねば」

そんな中年男たちの声が聞こえる。

その中で師匠は、まるで幇間のようにふるまっていた。

「なるほど――。さすがは渡辺様だァ。こちらのような噺家風情にはわからぬことで」

「いやあ、うちの女房なんざ、そのへんの糠みそでしてね。てんで気が利きません」

「お城方のお考えはわかりませんなあ。手前のような貧乏人は、まったく恥をかくばかりで」

しばらくして、ひときわ声の太い男が言った。

「さて。本日の趣向じゃ。そろそろ一席聞きたいなあ」

すると他の旦那衆も、

「そうじゃ、そうじゃ。それが楽しみで来たのだ」

「あちこちの寄席が潰れて、今では師匠の噺は滅多に聞けぬ。本当に嬉しい」

「江戸らしい、景気のいい話がいいなあ」

と騒ぎ始めた。

すると、師匠、笑いを含んだ声で、大きく笑い、

「はっはっは――。今日は、もうお忘れかと思っていました。しめた、こりゃあ、楽できるぞ、などと油断しておりましてな」

などと、薄い頭を叩いて冗談を言う。

「そりゃァ、さん馬、とんだ料簡違いだな」

尊大な金持ちの旦那が、居丈高な言葉をかけた。

やがて、座敷の奥から、師匠の、

「これは、ちょいとお耳汚しをいただかねばなりますまいなあ。おおい――」

と明るい声で、呼ぶのが聞こえた。

へい馬は、

「へい、ただいま」

とすぐに立ち上がって廊下に躙り上がって、障子を開けた。

小太郎と代助にも宴席の中の様子が見える。

宴席には狭い部屋に行灯が三つも入れられ、三人の、羽織を着た身分のありそうなサムライと、恰幅のよい商人。給仕の女衆に鳴りもの衆。その間に師匠が座っている。

師匠はへい馬の顔を見て、鋭く言った。

「おざぶを」

「へえ」

へい馬は慣れたしぐさで、脇にあった座布団を、上座の床の前に丁寧に置く。

このとき、座布団の結び目を客側に置く。

客とのご縁を大事にするという意味だ。

へい馬は、頭を下げて廊下に下がる。

するとさん馬は、旦那衆に明るく言った。

「みなさま。弟子どもにとっては、お勉強でございます。噺の間だけ、ここの障子を開けっ放しでよろしいでしょうか」

すると額をてらてらと光らせた旦那衆は、

「構いませんよ」

「ああ、いいよ——楽しみだ、師匠の噺は」

などと言った。

師匠は頷き、三味の芸者に、

「お姐さん、適当にやってくれ」

と声をかける。

三味の女が頷いて、ちゃんちき、ちゃんちきと囃子を鳴らすと、師匠はおどけたしぐさで旦那衆の笑いを取りながら下から上に移動して、座布団に座って、扇子を丁寧に目の前に置き、頭をきゅっと下げた。

その瞬間に師匠の顔つきは、幇間から、噺家になっていた。

小太郎と、それに少なくともへい馬には、そのことがわかった。

旦那衆の酔ったからかい声が飛んだが、師匠は、にこにこと笑いながらもぴしゃりと、

「本日は、上方のお話を——」

と断り、有無を言わさず噺を始めた。

普通、まくらといって噺の前に小ネタを話すのだが、さんざんここまで旦那衆と話

をして笑わせてきたからか、いきなり噺に入った。

　それは上方落語が元になった人気作〈景清〉だった。

　旦那衆も、最初は突然始まった噺に驚いた様子だったが、師匠の落ち着いた低い声と、調子づいた聞きやすい喋りについ聞きいり、すぐに前のめりとなった。

　手にした杯の酒を飲みもせず、ただ聞き始める。

　こんな話だ――。

　京の、腕のいい目貫職人の定次郎が、不幸にも失明してしまった。

　目貫とは武家の差料や小刀の束に取り付ける小さな金具（刀装具）で、精緻な細工が必要なために目が不自由となっては仕事を諦めるしかない。

「こんなこたぁ、よくあるこった」

　元々お調子者の定次郎は、明るくふるまうが、内心はへこたれている。

　医者に行ってもどうしようもない。

　一方親方の甚兵衛もまた、定次郎の腕が諦めきれない。

「おまえの腕は惜しい。なんとか目が治らねえものか」

　だが、体のことでもあり、一度光を失ってしまえば、どうしようもない。

　心配し、同情する周囲を、定次郎本人は茶化すように明るくふるまう。

　こんな話を、師匠は、大きな体を左右に振りながら、面白おかしく演じていく。

　両手を広げ、袖を持って振り回すことで、目が見えない演技をする。かと思うと、たもとに手をやり、きゅっと絞って背筋を伸ばし、親方の甚兵衛の威厳を表現する。師匠は、元々、体の上下の動きを大きく使う噺家だった。

　さて――。

　定次郎、同じく目の見えない美人を口説いたり、三味線を弾いてみたり、カネがねえってんで、賽銭箱から盗んだり、やりたい放題をやって、さんざん笑わせる。だが、甚兵衛はやがて、そんな定次郎の内心の悲しみを読み取り、清水観音（清水寺）に参籠しろと勧める。

　清水観音は目の仏様――。

　歌舞伎芝居などで有名ないにしえの豪傑藤原景清が、源頼朝の命を狙って失敗し、源氏の世などこの目で見たくはないわ、と自らの目玉をくりぬいて奉納したという伝説がある。

　きっと、ご利益があって目が見えるようになる。

　それを聞いた年老いた母親も、大事な家財を売って金を作り、

「このお金を使って清水様に参籠し、毎日毎日仏様にお祈りしなさい。観音様におす

がりすれば、きっと目が治る。老先短いこの母に、また元気な姿を見せておくれ」

これを師匠は、声色を変えて、大きな体を縮めるようにして老婆の様子を表現していく。

優しい声に、息子の健康を祈る老いた母の想いをにじませる。

「そこまで言われちゃァ、仕方がない」

母に諭された定次郎は、ぶちぶち文句を言いながらも清水様に参籠する。

仕方ないふりをしてはいるが、内心、期待は膨らむ。

本当に目が治るかもしれない。

百日参籠といって百日間、寺にこもって、病気の回復を仏様に祈る。

必死で祈るうちに、ご利益で本当に目が治るような気がしてくる——と、こんな噺を、師匠は見事に話していく。

さん馬演じる定次郎はいつも明るくふざけていて、本音は言わない。

だが、その声音や表情に、どうしようもない悲しみが隠れている。

定次郎がどんなにふざけていても、啖呵をきってみせても、闘病の辛さがじんわりと見物に伝わってくる。

小太郎は、演じる師匠の表情や、指先ひとつの『間』の素晴らしさに引き込まれていった。

きっと、師匠は、代助と小太郎の話を聞いて、この噺を選んだのではないか。

もちろん、落語だから、主人公の定次郎はいつも明るく、その言動で周囲を笑わせる。でも、病気の話でもあるから、あまりこういった宴席に向いているようには思えない。

師匠は、代助と小太郎に、何かを伝えようとしている――。

師匠の噺は、明るくありながら哀感がある。

声は低くてしゃがれているように感じるが聞き取りやすく、誰ひとり嫌な気持ちにさせずに気分よく進んでいく。

旦那衆も思わず引き込まれ、夢中で聞いている。

三味を抱えた芸者衆も、給仕をする女中衆も、同様に聞いている。

まったく人の気をそらさせない。

熱演である。

小太郎もまた、代助、へい馬と並んで庭に座り、夢中になって師匠の噺を聞いていた――。

やがて、噺は最後の山場の場面にさしかかった。

師匠は、低く高く心地よい声音(こわね)で、間をとって決して焦らず、確実に、舌を回していく。

「さて、百日の間、定次郎は、おっかさんの顔を思い浮かべては、毎日毎日観音様に向かって信心深くお祈りいたしました。——観音様。どうか、どうか、この思いを聞き届けておくんねえ。おいらのことは構わねえ。だが、おいらのことを思ってくれるおっかさんや、甚兵衛親方のために、おいらは病気を治りてえ。この思うに任せぬ体のことを、なんとかしたい。どうか、どうかお願いします。治りてえんだ」

必死で、一心に、定次郎は祈る。

折しも百日参籠の満願の日、その日は清水寺の観音講の日に当たった。寺は凄い人混みになる。そんな中、今日は確か満願の日だな、と親方の甚兵衛が様子を見に訪ねてきてくれる。

甚兵衛が見つめる前で、定次郎は、最後の、百日目の祈禱(きとう)を必死で行なう。

しかし、どんなに祈っても目は明かない。

必死で、必死に、どんなに祈っても、目は治らない。

そしてついに定次郎は、内に秘めていた悲しみや苦しみを爆発させる。

「なんで、なんでなんだ！　ふざけるな、観音の野郎！」

だが、その姿を見た親方の甚兵衛は、

「仏様にそんなことを言うものではない。気持ちはわかるが、信心というものはそういうものではないのだから」

とたしなめる。

だが、定次郎は、

「かまうものか！」

と叫ぶ。

「ふざけるな、なんで治らないのだ！　金も払った。参籠もした。心から必死で祈った。それなのに病気が治らねえたあ何事だ。いいか、おいらのかあちゃんはな、あの年で宝の櫛を売って金を作ってくれた。今日は満願の日だ。かあちゃんは家で、お祝いの縞の着物を作って赤飯を炊いて待ってくれているんだぞ。それなのに、目が明かなかった、精一杯頑張ったのに、明かなかったなんて言えるか」

と泣きながら口惜しがる。

「これだけ祈って、目が明かず、かあちゃん心づくしの縞の着物もこの目で見ることもできなかったら。おいらがまた目貫職人の仕事ができなかったら。かあちゃんは、どんなに悲しむだろう。生きる希望をなくして、首をくくって死んでしまうかもしれねェぞ。そうなればおいらももう生きてられねえ。どうせもう仕事もできねえんだ。おいらもかあちゃんと一緒に死ぬしかねえや。てめえ、観音、この野郎。ひとり殺すのも、ふたり殺すのも一緒だってえのか。それでも仏か、この野郎。こうなりゃァ、おいらは仏なんざ、金輪際信じねえぞ、こんちくしょう！」

師匠の〈景清〉は江戸弁だった。

だが、そんなことは誰も気にならない。

座は一同、師匠の話芸に引き込まれ、誰も声を発さない。

物語は一気にサゲに向かう。

定次郎の祈りが通じたのか、晴れていた空が一転俄かにかき曇り、雷鳴がでろでろと鳴って、観音様が登場する。

「こりゃ〜、定次郎〜、仏をそんなに悪く言うな〜」

ここで一気に噺は明るくなる。

師匠の表情も、ここまでの悲哀に満ちた必死な顔つきから、明るくふざけた雰囲気となる。この転換も見事だ。

「うるせえ。出たな、観音。偉そうに寺なんざ構えやがって！　目が見えねえじゃァねえか！」

「なんと因業な奴じゃ〜。貴様のような信心をしない奴の願いは、聞いてやらなくてもいいのだが、それでは、お前の母親があまりに不憫じゃ。お前の母親の信心に免じて、わしが持っている藤原景清の目玉を貴様にやろう」

「なんだと、てめえ」

「うるさいの〜、えいっ！」

雷がびかびかーと鳴って、定次郎にどかーんと落ちた。

気が付くと定次郎、霧の中に倒れている。

そして、

「うああ、目が見える。かあちゃん。目が見えるー」

「かあちゃん。かあちゃん。やったよ。治ったよ」

定次郎の目が、見えている。

定次郎、もう目は涙であふれている。

「よかった、よかった」

介添えの甚兵衛も涙を流す。

仏様に願意が通じたのだ。

ありがたや、ありがたや――だが、なんだか、様子がおかしい。

もともとこの目、平家の豪傑、藤原景清の目である。

源氏と見れば敵とみなす宿命を持っている。

ふと周囲を見回す。

清水寺は観音講の混雑で、武家の参拝者もいっぱいいた。

定次郎、思わず刀を奪い、徳川のサムライに斬りつけた。

「おのれ、徳川ってことは貴様、源氏だな！」

サムライは慌ててそれを避け、

「なんだ、なんだ、貴様、気でも違えたか？」

「いや、目が違いました」

と、これがサゲである。

師匠がおどけたしぐさで頭を下げたとき、旦那衆も、庭に控える小太郎も代助も、茫然としていた。

物語の世界に没入していたのである。

やがて、旦那衆の中でも一番身分の高そうな男が、思い出したように、ぱち、ぱち、ぱち、と手を叩いた。

やがて、その拍手は、その座敷の全員を包んでいく。

「いいものを見た」

「よかった」

「面白かったなあ！」

旦那衆は顔を見合わせて、何度も頷いた。

「――師匠、私の杯を受けてくれ」

「こっちもだ」

噺が終わった仙遊亭さん馬は、目の前に置いた扇子と手ぬぐいを丁寧なしぐさで懐に収めると、ふっと厳しい表情を緩め、元の、気のいい幇間のような笑顔になった。

「いやいやどうも。こりゃァ、喋りすぎて喉が嗄れまして」

などと腰を低くして、座布団を降りて、にじり寄った。

へい馬はすかさず立ち上がり、座布団を下げる。

そして頭を下げて障子を閉めた。

庭に降りて、小太郎の左隣に座ったへい馬の体温が、上がっているのがわかった。

興奮しているのだ。

それほど今夜の師匠は凄かった。

右隣を、見る。

そこに座った代助は、震えていた。

怖い顔をして、全身を、ぶるぶると震わせていた。

半刻（約一時間）後、料亭の玄関の前に、師匠を送る立派な法仙寺駕籠（ほうせんじかご）が止まっていた。

その横にへい馬が弓張提灯（ゆみはりぢょうちん）を持って立ち、その背後の暗闇の路上に、代助と小太郎が座っている。

やがて玄関ににぎやかな声が聞こえて、

「師匠、今日もありがとうございました」

「こちらこそ、また呼んでくださいよ」

「もちろんでございます」

「じゃあ、お疲れさま」

と、ほろ酔いの仙遊亭さん馬師匠が出てきた。

すると、代助が、闇の奥から大きな声で叫ぶように言った。

「師匠！」

へい馬に介添えされて駕籠に乗ろうとしていたさん馬は、こちらを向いた。

代助は、続ける。

「本日は、素晴らしいものを拝聴させていただき、ありがとうございましたッ！」

「――――」

「おいら、こんなに胸が動かされたのは、初めてだ。驚きました。一生の宝です。ありがとうございました」

あまりの勢いに、玄関前は、しん、と静まり返る。

すると、仙遊亭さん馬は、静かに言った。

「うむ。よかった」

「は」

「代助――てめえ、今日の噺を聞いて、どう思ったい？」

「へえ、どう思ったも、こう思ったも……」

「てめえがもし、今日の〈景清〉で何かを感じたとすれば、それはてめえの中に、定次郎や甚兵衛親方と同じモンが眠っていたからだ。明るくふるまう定次郎の悲しみの心が、てめえの中にもあったから、てめえの心は動いたってぇわけだ。つまり」

「――――」

「てめえの心の中にある悲しみはな、てめえだけのものではないってこった。てめえの願いも、てめえだけの願いじゃねえ。浮世に生きてる連中はな、みんな、どいつもこいつも、同じ苦しみと悲しみを抱えて生きてるってこった。小太郎」

「は」

「てめえらの気持ちは、わかったぜ。その娘を助けたいのだろう。だが、その悲しみや苦しみを、てめえだけのものだとは思いこむな。てめえだけが、特別に不幸だなどとは思うな。それは、思い上がりだ」

「――――」

「ひとは、与えられた場所で、精一杯をやるしかねえ。みんな同じなんだ。つらい時こそ、しっかりしろ。決して男道（みち）を、外れるんじゃねえぜ」

そう言いながら仙遊亭さん馬は、雪駄（せった）を鳴らして、へい馬の差し出す提灯のあかりの中を進む。

「今日はこのまま、櫻長屋に帰っていい。その病気の娘のもとに早く帰ってやれ」

「へえ」

「それと、忘れるなよ。――さっき、甚七親分を通じて、地回りの親分衆に貴様らの躾を約束しちまった。とくに小太郎、てめえはおいらンところの奉公人なんだからな。忘れるンじゃねえぜ」

「は」

「は、はい」

ふたりは、地べたに這いつくばるようにして頭を下げている。

「修業しろ。この浮世にゃぁ、上から下まで、さまざまな雑音があるってもんだが、男の修業の根っこは、昔ッから変わらねえ。いいじゃァねえか、『墨亭さくら寄席』。楽しみにしているぜ」

そう言うと、さん馬は、駕籠の中に納まった。

簾をさげて、駕籠かきが駕籠を持ち上げ、歩き出すとき、風呂敷を持って横に寄り添うへい馬が、小太郎の目を見て、にこりと笑い、何度も頷いてみせた。

（早く帰ってこい）

そう言われたような気がした。

小太郎もまた、頷いた。

駕籠が出ていった店の前の暗闇に、膝をついて頭を下げる小太郎と代助が残された。

周囲に誰もいなくなると、ふたりは立ち上がり、寄り添うように人の絶えた両国を東へ向かう。大川にかかる長い長い両国橋を渡るとき、江戸の町の空に、大きな月が、浮かんでいた。長屋ではお淳が、暗い行灯をともして、ふたりの帰りを待っているのだろう。

第三席　風の神送り（みおく）

お淳は、小太郎に連れられて大川へ出た。

遠く、江戸の町越しに、霞（かす）んだ富士山（ふじさん）が見える。

大川近くの墨堤には、柳色、と呼ばれる柔らかい黄緑色の葉を揺らした柳の木が植えられている。

お淳はそれを見上げると、苦しげに息を吐いた。

「大丈夫？」

小太郎が聞く。

「大丈夫。体が重く感じるだけ――。最近、よくあるの」

お淳は柔らかく笑った。

実は今日、櫻長屋に加持祈禱（かじきとう）の御師（おし）が来ていたのだ。

江戸にはこのような門付け者が多くいる。

いきなり白衣の集団で押しかけてきて、大声で、

「この家には邪気がたまっておる！　病人がおるのではないか？　ありがたいお経(きょう)をあげ、災厄を祓(はら)って進ぜよう」

などと叫ぶが早いか、怪しげな祝詞(のりと)だか経だかわけのわからないものをあげて、お祓いの幣棒(ぬさぼう)を振り回したり、団扇太鼓(うちわだいこ)をデンデロと鳴らして回る。

　まあ、それだけならいいのだが、終わると勝手に宝塔などを置いて喜捨(きしゃ)を要求し、カネを出さないと暴れる。ありがたい経をあげてやったのに一文もよこさぬとは無礼千万、罰(ばち)があたるだの、家族に不幸が出るだの、地獄に落ちるだのと叫んで回るのだ。

　まあ、深川あたりの貧乏人は元々カネがないから、こんな連中に騙(だま)されるほどヤワではないのだが、今日は頼りになる代助もいなかったし、腕っぷしの強い大工の金五郎もいなかった。

　なにぶんお淳は病人で、面倒なことが起きては困る——そう考え、小太郎は裏の破れ板塀の隙間(すきま)から、お淳を連れ出したのである。

「まったく。ろくでもない連中だよなァ」

　小太郎は吐き捨てるように言った。

でも、お淳は、加持祈禱の人びとを、代助のように乱暴に追い払ったり、小太郎のように理詰めで忌避(きひ)したりする気にはなれない。

この世にはきっと、どうしようもないことがある。

いい人が、真面目(まじめ)に頑張ったって、上手(うま)くいかないこともある。

もし、あんな祈禱の人への、ほんの少しの喜捨で気持ちが楽になり、明日が開けるものならば、お願いしてみてもいいのではないか——。

そんなふうにすら思う。

喜捨するようなおカネは、どこにもないのだけど……。

目の前では小太郎が、

「昔ッから、ああいう連中はいるものだけど、いつまでも無くならない。甘やかす奴が悪いのだ。いんちき連中め」

などと言って、ぷんぷん怒っている。

だからお淳は、そんな自分の心のうちを口には出さず、柔らかく微笑(ほほえ)みながら、初夏のまだ優しいお天道さまに揺られる柳の木を見ていた。

ふと、

――みるうちに　忘れてしまふ　柳かな

という、昔の俳句が思い出され、口にする。

すると、小太郎は振り返り、

「え？　お淳ちゃん、俳句を詠めるのかい？」

と驚いたように言った。

「ううん――」

お淳は、肩をすくめて、

「あたしが詠んだものじゃァないの。これは、享保の昔に、名人が詠んだっていう有名な俳句。清光寺の和尚さんが、本を貸してくれたの。病気で退屈だろうから、これでも読むといい、って言ってね」

と笑う。

清光寺というのは櫻長屋の裏にある小さな寺だ。歴史はあるが、ともかくぼろぼろで汚い。ここの和尚さんは、破れた袈裟を肩から掛けた、貧乏が染みついたような老人だったが、昔から何かと長屋の子供たちを気にかけてくれる。

「――俳句って、いいね。好きだな」

お淳の少しやつれた顔に、優しい笑顔が浮かんだ。

小太郎は、ほっとした様子で言った。

「凄いよ。お淳ちゃん」

「そんなこと、ないよ――」

そうお淳は笑い、肩をすくめて柔らかい声で言った。

「この俳句を詠んだひとはね、女性なんだって」

「女性？」

「しかも、若い頃に夫と子供を亡くした後は、二度と結婚せず、家も飛び出て、ひとりで諸国を漫遊しながら、句を詠んで暮らしたひとなのだって――凄いね。女で、そんな風みたいな生き方も、あるんだね」

青い空が、どこまでも続いている。

その横顔を、小太郎はじっと見ていた。

口元が少し開いている――。

苦しいのだろうか。

「あたし、もう治らないのかなあ」

最近、お淳は動けずにいる時間が増えた。

何より、顔が真っ白で、そのくせ、顎から首にかけてややむくんでいるようにも見える。

「大丈夫だよ。洋医の先生にちゃんと見てもらえば、治るさ」

小太郎は言いながら、柳の葉っぱを弄っている。

そして、顔を上げ、言った。

「お淳ちゃんは、その俳人が好きなんだね」

「うん」

「なんて人なんだい？」

「千代女、よ。加賀の千代女」

「ふうん。加賀のひとか――」

その言葉を聞く、お淳の表情は、変わらない。

◇

話は、少し前に戻る――。

元柳橋の料亭で師匠の〈景清〉を聞いた翌日から、小太郎はへい馬から聞いた洋医を探していた。

だが、小太郎程度の若造など、聞いて回る知己と言ってもたかが知れている。師匠のお使いで伺う御贔屓衆や常連様のお店。下谷の広小路や、四谷の屋敷街などに残る寄席に集まる旦那衆。奉公人のアニさんがた。その程度の範囲を歩き回っては、会うひとに洋医を知らぬかと聞いていたのだ。

すると、人びとはおしなべて、

「洋医？」

と、怪訝な顔をする。

「知らねえよ、そんなもん」

その一言で背中を向けた。

それもそのはずである。

老中水野忠邦と、南町奉行の鳥居耀蔵が、徳川の祖法たる鎖国の精神に立ち返るべしとして、洋学・蘭学を主導していた渡辺崋山らを江戸・大坂から追放したのはつい先年である。

その記憶は、江戸の町人たちの心中に生々しく残っている。

最近は弾圧もヤマを越え、奉行所の取り締まりも緩んできているとはいえ、江戸の

町方としては――、

「洋学？　そんなやばいものに、近づきたくないな」

「くわばら、くわばら」

と、まあ、そんな雰囲気だったのである。

唯一、小太郎を呼び止め、

「ほう、てめえ、なんだって洋医なんざを探してやがるンだ？」

と、聞いてくれたのは、好事家界隈では〈諏訪町〉と呼ばれる喜久亭猿之助師匠だけだった。

場所は、神田末広町大黒亭の楽屋である。

小太郎は、図らずも猿之助師匠に睨まれ、ぐっと息を呑んでしまった。

なにしろ、喜久亭猿之助といえば、当代一の暴れん坊。

背丈は五尺（約一五〇センチ）たらずと短軀だが、その体はぎゅっと引き締まって、首は短く、顔は大きい。目つきはぎらぎらと鋭くて、吐き出す言葉はキレ味がある毒舌だ。楽屋で前座やら二つ目やらの若い衆を怒鳴るのなんぞは朝飯前、茶店や居酒屋でも気に食わないことがあれば箸を投げつけるほどの短気で鳴らす。

広小路で野良犬が出てきたものを、

「どけっ！」

と一喝して気絶させたなどという、真偽定まらぬ噂もあるほどだった。

「はっ」

小太郎は楽屋の壁に押し付けられたように固まって、汗をどっとかいた。

「へ、へえ。それが、事情がありまして」

「てめえ、鳥越のさん馬のところの若ぇモンじゃァねえか。まさか、さん馬の野郎がくたばったってぇんじゃァねえだろうなァ」

喜久亭猿之助は腹に響く低い声で、切りつけるように言った。

猿之助とさん馬は、三笑亭可楽師匠の兄弟弟子だった。

落語界では、今や老いた林屋正蔵、三遊亭圓生の次の世代を担う二枚看板と並び称される間柄だったのだ。

「い、いいえ、師匠は元気です、ぴんぴんしています」

「おう、なんでえ、そうか。ほっとしたぜ」

猿之助師匠はそう言って茶碗に汲んだ白湯を呑むと、

「するてぇと、なんでてめえ、洋医なんざ探してるのだ？」

と改めて聞いた。

　そのどろりとした目で睨まれると、小太郎はどうしようもない。

「あの、その、あたしの大事な人が、病気でして」

「ほう——？」

「いろンな医者に診てもらったンですが、どうにも原因がわからずに、具合は悪くなるばかり。どうにかしなくちゃならねえってわけで」

「オンナかい？」

「あ、いえ、オンナ？　いや、その男か女かてえと女なんですが、師匠がたがおっしゃるオンナってえのとはちょっと違うかと、あの、その」

「馬鹿野郎！」

　猿之助は怒鳴った。

「てめえ、女で、てめえが必死で走り回ってるってえのは、よほどのことだろうが」

「へえ、まあ、よほどのことってのは、その通りで——」

「さん馬の野郎はなんて言ってるンでえ」

「ともかく、精一杯やってみろと……」

「ふうむ」

　猿之助は口をへの字にした。

「さん馬の野郎、相変わらず眠いことを言いやがって。よほどおりんちゃんにしっかりしてもらわねえとな」

くり返すがおりんというのは、師匠のおかみさんの名前である。

「いいか、一度しか言わねえぞ。耳をかっぽじってよく聞きやがれ」

「は」

「――この前、さん馬の野郎が、元柳橋のたもとにある料亭に、下総佐倉藩堀田家の重臣、渡辺弥一兵衛様の座敷で呼ばれたって聞いたぜ」

「よ、よくご存じで」

「おいらは、さん馬の野郎のことはなンでも知っているのさ」

喜久亭猿之助は、さん馬のことを芸敵と位置付け、何かと張り合っている。

いや、正確に言うと、ふたりは会えば昔馴染で仲はいいのだが、負けず嫌いの猿之助がさん馬を一方的に目の敵にしているのだ。

その昔、大師匠の可楽先生が、猿之助よりも先にさん馬を真打にした。そのことを、いまだに恨みに思っている。

いっぽう、さん馬のほうは、あまり気にしていない。のほほんとしたものである。

「いいか、下総佐倉の堀田家はな、譜代も譜代の名家だ。しかも現当主の堀田正篤公(のちの堀田正睦)は、反水野でいらっしゃる。ご改革には明確に反対の立場を取られ、国元の佐倉城下に堂々と蘭学者を保護している硬骨のおひとよ。英明でもいらっしゃり、水野が失脚すれば、次の老中に進まれるのではないかとの噂だ」

「はあ」

「つまりな——。あの宴席にさん馬を呼んだ渡辺弥一兵衛様にまず問い合わせてみろってえ話だ。佐倉藩の重臣なんだから、洋医のひとりやふたり、すぐに見つかるはずさ」

ぶっきらぼうに、猿之助は言った。

それを聞いて、小太郎は、思わず平伏した。

「し、師匠、ありがとうございます!」

「まったく、さん馬の野郎、相変わらず芸事以外なンもわからねえバカだな。よくてめえもあんな師匠にくっついてやがる」

猿之助はそう毒づくと、そっぽを向いて口をへの字にしたままだ。

「しかし——あいつより世間に明るく、真面目で仕事もできるおいらが、必死に修業してもまだだてえのに、あのバカ、どんどん落語がうまくなりやがる。不公平だぜ。こんちくしょう。落語の神様はどこにいるってンだ。くそったれ」

それから小太郎は、慌てて鳥越に行き、師匠に会って頭を下げ、諏訪町の師匠にこれこれこうだと言われました、と説明した。

すると、さん馬は、

「ほい、しまった。まったくおいらも間が抜けてやがるぜ。こんな近くに、伝手があったものか」

と薄い頭を掻いて、すぐ渡辺弥一兵衛に手紙を書いてくれた。

そして、相手は大名の家臣であるわけなので、下っ端の小太郎ひとりで行かせるわけにもいくまいと、一緒に薬研堀の下総佐倉藩堀田家の屋敷まで訪ねてくれることになった。

そして師弟そろって屋敷の客間で、渡辺の話を聞くに至り、とんでもないことがわかったのだ。

あの宴席――。

師匠は、客席のひとびとのひととなりをよくわからぬまま、幇間よろしく調子のいいことを喋って座を盛りあげ、一席〈景清〉を演じて帰ってきたわけなのだが、あの場に同席していたのは、佐倉の乾物問屋、和田屋新兵衛と嫡男だったというのだ。

そして、和田屋新兵衛は、自らの江戸店の敷地内において、娘婿の学者に『和田塾』なる塾を開かせている。

この『和田塾』――実は、公儀に憚って、おおっぴらに看板を掲げていないが、洋学を学びたい学生を受け入れているのだという。

「な、なんと――」

話を聞いて、仙遊亭さん馬と、小太郎は、思わず目を見合わせた。

なんのことはない。

こんな近くに、洋医がいたのだ。

すぐに渡辺は、和田屋新兵衛を呼びにやってくれた。

政商である和田屋の店と蔵は、堀田屋敷のすぐ近くである。

はいはい、とやってきた和田屋は、福々しく太った恰幅の良い中年男だった。

和田屋は明るく大きな声で言った。

「我が塾で教鞭をとっている娘婿の名前は、佐藤泰然――。長らく長崎に留学し、いいいいぼると先生が去ったあとの鳴滝塾にて、その弟子筋の学者たちに西洋医学を学んだ、れっきとした洋医でございます」

「そ、それじゃあ！」

息せき切って声を上げる小太郎に、さん馬は言った。

「小太郎、落ち着け。それほどのお医者であれば、おあしもかかるであろうし、ご都合もあるであろう。勝手に出過ぎた言葉を使うなよ」

それを聞いて、和田屋新兵衛は言った。

「――いや、いや。他ならぬ、仙遊亭さん馬師匠のご紹介です。すぐに婿に診るように言います」

「それはありがたい」

「それに――」

和田屋は、胸を張り、鼻をぴくぴくさせて自慢げに言った。

「わが婿は、なかなか硬骨の男でございましてな。医者でありましても、お武家さま相手に一歩も引きません。奴の野望は、西洋式の医院をこの日の本に打ち立てて、近代医療を庶民に施すこと――。わが婿ながら、愉快なる男らしい夢だと思いましてなぁ。わたしもかなり入れ込んで、資金面の支援をしております」

「はあ」

「西洋式の医院では、診立てが先で支払いは後にございまして。本草医者のように、まずは手付の礼金を払い、追って志を忖度するような面倒はしません。何も心配なさらずに患者さんをお連れください。婿の『料金表』に従った金額の請求があるはずです――。あの男、なにごとも合理的でないと気が済まないやつでしてな」

和田屋は、まったく嬉しくてしょうがない、というような顔をした。

◇

こうして小太郎は、佐藤泰然による治療の道筋を立て、沸き立つような気持ちで櫻長屋に帰り、代助とお淳に、

「見つけた。見つけたよ！　長崎で洋学を身につけた、立派な洋医の先生だ！」

と叫ぶように言った。

「そ、そいつはありがたい」

代助は、唸るように言った。

だが正直、ふたりの反応は鈍かった。

お淳は、小太郎に白湯を出しながら、

「大丈夫かな」

と、不安げな表情で言った。

その言葉――言わんとしていることは、小太郎にはすぐわかった。

洋学の評判は、江戸っ子の間では、決して良くない。

公儀が禁止するからには、どこかに、なんらかの理由があるのじゃあなかろうか。

火のないところに煙は立たない。なにか危ないところがあるから、公儀はこれを禁じたのではあるまいか――そう思われていたのだ。

加えて洋学の学者というのは、儒学の最高峰である湯島昌平黌の秀才と違って、乱暴というか、不良というか、野性味あふれる男どもが多かった。

妓楼などに集まっては酒を呑み、日の本の未来を憂えては、

「このままでは、わが邦の科学は、西洋諸国に遅れたままじゃ！　鎖国政策を打破すべし！」

などと怪気炎をあげる若者たちも多かったのだ。

あんまり行儀がよろしくない。

それを見れば、学問の中身などわからぬ町人たちは、眉をひそめることになる。

つまり――。

日の本の本草医者は、指圧をしたり、漢方を施したり、温めたり、冷やしたりと、旧来の方法で病人を治す。態度も節度あって丁寧だ。

それに対して、洋学の医者は、血を抜いたり、針を刺して何か怪しいものを人間の体内に注入したりする乱暴者だ。

それだけではない。ひとや動物の死体を切り刻んで腑分けしたり、種痘を打ったり。なんでも種痘というのは、牛馬の血から取った瘡蓋を、人さまにチクリと植え付けるものらしい。

やっぱり、洋医は恐ろしい――これが、江戸の庶民の、正直な感覚だったのだ。

それが、ふたりの表情にも表われている。

小太郎は、言った。

「お淳ちゃん。きっと大丈夫。和田屋新兵衛さんは、自信満々だった。西洋の医術は、東洋のそれよりも、ずっと進んでいる」

お淳はずっと、張っている腹に手を当てている。

痛みが増しているのかもしれない。

それを見て、代助は、苦しげに言った。

「ここまで来りゃァ、洋医に診てもらうしかねえってのは、わかっている、わかっているよ」

それを聞いて、小太郎は続ける。

「先方は、まずは診せに来なさいとのお言葉だ。佐藤先生は今、佐倉の御城下に行っている。帰ってこられたら、師匠のところに知らせてくれる。そしてその知らせが来たら、すぐおいらたちにも教えてくれるってこった。わかったね？」

◇

――と、まあ、こんな会話が、お淳と俳句の話をしたほんの二日ほど前にあったのだ。

小太郎は、墨堤の土手の大岩に座って、空を眺めているお淳の痩せた顔を秘かに盗み見た。

その尖った顎を見て、確信するように思う。

（絶対、元気にしてやる）

お淳は、小太郎にとっても大事な幼馴染(おさななじみ)だ。

同じ長屋で育った仲間の縁は、血よりも濃い――。なんとかするのだ。

そんな小太郎の気持ちに気づかぬまま、お淳は、柳の木を見上げている。

そして、ふたたび、句を詠んだ。

――花もなき　身はふりやすき　柳かな

そして、顔を上げ、

「この句もね、さっきと同じ千代女が詠んだ句なの。若くして夫を亡くしたとき、詠んだのだって。もう、身内は死んで、ひとりきりになったから、身の振りかたも自由――そんな意味よね」

と言った。

「もし、あたしが死んだら」

「――――」

「お兄ちゃんも、小太郎ちゃんも、自由になれる」

「なんてことを言うんだ」

小太郎は言った。

「死んでしまう自由なんざ、自由でもなんでもないよ」

これは、本所の清光寺の和尚に教わった言葉の受け売りだった。

そうだ。

ひとは、生きてこそだ。

「お淳ちゃん、ちょっと待ってて——」

そう言って小太郎は、すっくと立ち、土手ぎわに出ている店に入って、捨ててしまうようなやれ紙をもらってきた。

そして、膝の上で伸ばして、ぴりぴりと四角に切って、紙を折って、小さな舟と人形を作りはじめる。

「お淳ちゃんのその弱気、川に流してしまおう」

「川に？」

「上方の落語で〈風の神送り〉てえ噺があるんだ。まあ、噺自体は、町内で風邪が流行って、与太公どもが大騒ぎする、賑やかでふざけた噺だけどね。この中に『風の神送り』っていうおまじないが出てくるんだ」

「風の、神送り……」

「人間の弱味(よわみ)に付け込む風邪の野郎の人形(かたしろ)を作って、舟に乗せて川に流してしまうのさ。すると、病気は川を流れていっちまって、消えちまうってぇ寸法だ」

小太郎は、膝の上で工夫して、あれやこれやと曲げたり伸ばしたりして、舟と人形を作った。

手のひらほどの小さな舟と人形ができあがった。

小太郎は、岩に座っていたお淳を促(うなが)し、手に手をとって、ふたりでゆっくりと大川の川面に近づいた。

途中で柳の葉を拾い、

「ついでだ。この柳の葉も、流してやろう」

と言った。

「こいつは、お淳ちゃんの弱味にとりついた病気だ」

小太郎は作った舟を見ながら、言った。

「落語では、こいつを川に流した後、夜に漁をしていた漁師の網(あみ)にかかるんだ。なんでえ、病気かあ、どうりで夜網につけこむわけだ、ってサゲるのさ。――だが、今は真っ昼間(まぴるま)だぜ。大川にゃァ、漁師もいない。夜網にひっかかるわけがないや。せいぜい流れていきやがれ」

舟をそっと川面に落とす。

すると、舟は、くるくる回って、思ったよりも早く、川の流れに乗っていった。

「これで、お淳ちゃんの弱味に付けこんだ病気は、大川に流れて行っちまった」

小太郎が自慢げに言うと、不安げだったお淳の頰に、紅をさしたように明るい赤みがさした。

「もう、弱気じゃなくなったろう？」

「うん」

「ちゃんと洋医に診てもらえる」

「そうだね」

「そして絶対に治る」

「――治ったら、どうしよう？」

お淳は、生気のやや戻った瞳で、じっと小太郎の目を見上げた。

「そうだな」

小太郎は考えた。

「どうだい？　千代女になるってのは？」

「千代女に？」

「好きなんだろう？」

「好きだけど……」

「じゃァ、決まりだ。お淳ちゃんは、その千代女のように、諸国を漫遊して、俳句を詠んで暮らす——どうだい？」

「うん。うん」

それを聞いてお淳は、目を輝かせた。

「小太郎ちゃんはどうするの？」

「真打になるさ——」

「夢みたい」

お淳は、そう言って、柔らかく寂しげに笑った。

◇

五日後——。
鳥越からへい馬が仏頂面(ぶっちょうづら)で櫻長屋まで使いにやってきて、佐藤泰然が下総佐倉から戻って江戸の『和田塾』に入ったと知らせに来た。

小太郎は、さっそく代助とお淳を連れ、薬研堀の堀田屋敷を訪れた。

師匠はへい馬に、佐藤泰然先生への紹介状と礼状を持たせてくれていた。

そいつを懐(ふところ)に忍ばせてある。

和田屋は、大川からの水を引き入れた小さな堀の脇に立つ、立派な蔵屋敷だった。

武家のものではないが、立派な門がある。

ごくり、とつばを呑んで、小太郎を先頭に、お淳、代助、と屋敷に入った。

女中に案内された内証には、長い廊下があり、その先に小さな書院があった。

真ん中に、火が入っていない火鉢(ひばち)がひとつ置いてあり、患者らしい白髪混(しらがま)じりの老年の男が、座っている。

そこが待合室(まちあい)らしかった。

三人は、部屋の隅に座る。

床の間には、見たこともない異国の文字が描かれた茶色くて丸いものが置いてあり、女中に、それは『地球儀』というものでございます、と説明された。

普段とは勝手の違う雰囲気に、代助は小太郎の袖(そで)を引っ張る。

「おい、小太郎――本当に、大丈夫(でえじょうぶ)なんだろうな」

「な、なにを今さら」

「お、おいらは見たことがあるんだ。洋医の連中が使う道具というものをな。あれは、どう見ても鋸(のこぎり)だったぞ。お淳を、あんなもんで、切り刻もうてえ企(たくら)みやがったら、許さねえぜ。相手が学者だろうが貴顕(きけん)だろうが、目にもの見せてやる」

そこまで言われると、小太郎も不安になる。

「大丈夫さ。師匠の紹介だし、評判だって悪くない。今は、佐藤先生に賭(か)けるしかないんだ」

すると、見慣れぬ白衣を着た女が襖(ふすま)を開けて入ってきて、

「――丁子屋(ちょうじや)さん」

と、先客の老境の男に声をかけた。

すると火の入っていない火鉢のふちに手を置いていた男は、

「はい」

と顔を上げる。

「診察室にお入りください」

丁子屋と呼ばれた男は奥に去った。

三人はそのまま、肩をすくめて待っている。

小太郎の肩に、代助とお淳の緊張が伝わってきた。

そもそも自分たちには場違いなくらい綺麗で立派な屋敷だ。

先ほどから顔を見せる書生から女中から白衣の女も、みな頭がよさそうで、軽口を叩きそうもない。

こうして半刻（約一時間）も待っただろうか。

丁子屋が神妙な顔で戻ってきて、ようやく三人は、診察室に呼ばれた。

「どうぞ――」

白衣の女に連れられて入った診察室は、畳など敷いておらず、黒光りする板敷きの清潔そうな部屋であった。

奥の文机の前に、白い上着を着た四十がらみの聡明そうな男が座っていた。

頰はこけ、顎は細く、皺が深い。

髪はぎゅっと後ろでまとめられ、丁寧に油が付けてある。

どうやらこれが、佐藤泰然らしい。

お淳は円座に座り、その背後に代助と小太郎が控えている。

佐藤泰然はしばらく、小太郎が渡した仙遊亭さん馬の説明の手紙に目を落としていたが、やがてこちらを見て、

「ふむ――患者さんはこちらかい？」

と聞いた。

「はい。こちらの娘でございます」

小太郎は言い、背後からお淳を促した。

「よ、よろしくお願いいたします」

おずおずとお淳は頭を下げた。

その様子を、代助は、斜めからヤクザみたいな素性の悪そうな目つきで、敵意むき出しで睨みつけている。

(てめえ、無体をしやがったら、承知しねえぞ)

という声が聞こえてきそうな憎体な態度である。

小太郎ははらはらしたが、佐藤泰然は気にする様子もない。

目の前に座ったお淳の顔をじっと見て、ほっそりとしたその指をそっと頬にあてて、しばらく顔色をじっと見る。

「ふむ。だるさと不快さがずっと続くというのだな」

そう言って、

「そこに横になり、帯を緩めなさい」

と横に敷かれた茣蓙を指さした。

「て、てめえ」

代助は思わず膝を上げる。

「――この助べえオヤジ。おいらの妹になにかしたら、許さねえぞ！」

「うるさい！　黙っておれ！」

突然、佐藤泰然が叱った。

思わず代助、ぐっと黙る。

「わしは医者だ。先年、長崎から戻ったばかり。御恩ある高野長英先生の受難の報を聞いてな。その意味がわかるか！」

「は」

「高野先生は、この江戸にて洋学の旗をあげんと燃えていらっしゃった。それがあの水野忠邦、鳥居耀蔵のバカどものせいで追捕され、小伝馬町の牢獄につながれたのだ。わしがわざわざ江戸に戻り、身を隠してこんなところで診療をしているのは、くだらぬ損得ではない。志あってのことじゃ。黙っておれ、若造！」

その剣幕に、代助は奥歯を噛みしめて、ぐっと口を閉じた。

佐藤泰然は、改めて、莫蓙の上で帯を緩め、着物の裾から白い足をむき出しにしたお淳と向き合った。

「ふむ」

と言いながら、しばらくお淳の体をさすり始める。

じっと見ていると、佐藤の指圧がきついのか、お淳は、

「うっ」

とか、

「い、痛い――」

とか、唸る。

そのたびに佐藤は、頷(うなず)きながら、

「ふむ――。ここはどうだ？　なるほど、こっちは」

などと首を捻っていたが、やがて、手を下げ、

「戻ってよいぞ」

と言った。

そして、文机に向かって、不思議な鳥の羽のようなものを取り出して、何かを紙に書いている。

西洋の筆なのだろうか。

「お淳さんとやら。きっと、おぬしは今、体がどうしようもなくだるいのであろう。

いつもお腹がしくしくと痛み、気持ち悪くて動けなくなることもある。朝は大丈夫でも、昼過ぎから苦しみが来る――」

すると、お淳は、驚いたように目を瞠く。

「そ、その通りでございます」

「そして、その症状が出たのは、月のものが始まった頃であろう」

「そ、そうです」

「時々、極度の貧血と多くの出血がある――」

「はい」

「一年二年と経つうちにどんどん症状は悪くなるばかりで、歩くことすらつらくなってきた。腰回りがむくみ、時々、激しい腰痛と、嘔吐で、どうしようもなくなる」

「本当に、その通りです、先生。どうしてわかるのですか」

「ふうむ」

佐藤泰然が、何度も頷き、今度は控えている小太郎を見た。

「お身内のかたかな?」

「い、いいえ。こっちの代助がアニキです。おいらは渡辺様が御贔屓にしてくださっている仙遊亭さん馬の弟子で、小太郎といいます」

「ほう。仲介の労をいただいた鳥越のお師匠のお弟子さんということですな。なるほど」

佐藤泰然は少し考え、

「では、お手前は、この場を遠慮していただこうかな。申し訳ないが、こみいった話になる」

と小太郎に言う。

慌てて代助が、不安そうな声で言った。

「先生。こいつは、身内も同然なんだ――」

「ふむ。だが、やはり、遠慮してもらおう。お手前は、控えで待っていてもらう。まずは、患者と家族だけで話を聞いてもらったうえで、ふたりがよいと判断すれば、話しても構わぬ」

そう言われ、小太郎は、診療室から追い出されてしまった。

◇

小太郎が、誰もいなくなった控えの書院で待っていると、四半刻(しはんとき)(約三十分)ほどのちに、代助とお淳が戻って来た。

　青い顔をしている。

「あ、大丈夫だったかい？」

と、聞く小太郎に、お淳は柔らかく笑って頷き、口を閉じた。

どんな話だったか、すぐに聞きたかったが、ふたりの様子を見て遠慮した。

和田塾のほうでは、帰りに舟を用意してくれていた。

舟に乗るほどの距離ではないが、ならばこそ体を労（いた）われというのが佐藤泰然の指示だったのだ。

舟は、上下する荷舟や屋形船の間を縫（ぬ）うようにして大川を渡り、竪川に入って三つ目橋のたもとで三人を下ろした。

林町の櫻長屋に戻ろうとしたその時、代助が、

「お稲荷（いなり）さんに、お参りしていこうぜ」

と言い出して、小さな地元の社（やしろ）に入った。

そこで、代助は懐から一文銭を出して賽銭（さいせん）箱に放り込み、神妙に祈った。

　珍しいことだ。

代助は普段、どちらかというと賽銭泥棒をするほうで、みずから賽銭を払うことは

ない。それがたとえ、一文だとしても。

　祈り終わると、代助は、言った。

「心配するな、小太郎。治るとよ」

「えっ！」

　小太郎は声を上げた。

「あの医者、てえしたもんだな。触診だけで、お淳の病気をすべて言い当てた。そして、こうすればいいって、懇切丁寧に説明してくれた」

　それを聞いて、小太郎は沸き立つような気持ちがしたが、それにしては、代助とお淳の表情はさえない。

「代ちゃん、正直に言ってくれ。何かあったんだろう？」

　しかし代助は仏頂面で続ける。

「あの和田塾、治療費はきっかり十両だそうだ。西洋ではこのように、病気によって値段が決まっているのだとよ。十両ならなんとかならあ。これ以上、ひとさまに迷惑をかけられねえや」

「――――」

「小太郎、ありがとうよ。鳥越の師匠にも、くれぐれも礼を言っておいてくれ。なるべく早くおいらも挨拶に伺うようにするよ」

そう言うと、櫻長屋に向かって歩いていく。

その背中で、代助は言った。

「けどよ……西洋式のしゅじゅつ、ってえもんをしなけりゃならねえらしい」

「しゅ、じゅつ？」

「刃物を、お淳の腹に当てて、切るのだそうだ」

「なんと」

「でないと、いずれ死んでしまうとよ。ふざけた話だぜ」

啞然とする小太郎を残して、代助はすたすたと先に行ってしまった。

稲荷の境内に残され、茫然とする小太郎に、お淳はおどけたしぐさで体を振った。

「なんだい？」

「柳のまねよ」

「お淳ちゃん」

「『花咲かぬ　身はふりやすき　柳かな』――」

「――」

「さ、帰りましょ。あの先生、すごいよ。治りますよって、言うんだもん。驚いちゃった。嬉しいな」

そういう顔は、そんなに嬉しそうじゃない。

白い顔の眉根に、不安の影が、深く刻まれている。

それはそうだろう。

心の準備もできぬうちに、西洋の手術を受けることが決まってしまった。

つまり、この細い体を切り刻むのだ。

大丈夫なのだろうか。

まだ内心は混乱しているに違いない。

小太郎は、思案するように言った。

「……そうか。果たして洋医の先生につなぎをつけたのはよかったものか。体を切るのか。いい、しゅじゅつ——怖いな」

「大丈夫。先生は、治ると言ったわ」

お淳はそう言って、不安げに笑った。

「そうか——」

翌日の鳥越の師匠宅。

小太郎からの報告を聞いた仙遊亭さん馬は頷いた。

長火鉢の向こうで腕を組む師匠の前に座って、小太郎は説明する。

「しゅじゅつをしなけりゃならねえってえのは、心配(しんぺえ)ですが——ただ、洋医の先生てのはてえしたもんだとは思いました。こう、お淳ちゃんの体をさすって、これこれこういう症状ではないのか。これこれこうであろう。とおっしゃって、それが全て、お淳ちゃんの症状にぴたりとあたるのです」

「うむ、そうか——。確かに、そのしゅじゅつとやらは心配だが、なんでもあの佐藤先生てえのは、かの名医、足立長雋(あだちちょうしゅん)先生や高野長英先生に学んだかたで、長崎でも三年もみっちり修業されたそうな。その佐藤先生が、治る、てんなら信じるしかあるまい」

「は——」

「おいらも一度、挨拶に伺っといたほうがいいな。浮世の義理だ」

「ぜひ、よろしくお願いいたします」

殊勝に頭を下げる小太郎を見て、師匠は優しげに言った。

「あの娘——。この前、お前の長屋に寄ってちょっと見たが、なかなか可愛い娘じゃァねえか。あんな場末（ところ）にいて、すぐに死なせちまうには惜しいぜ」

「それだけじゃありません。昔ッから、お淳ちゃんは、頭がいい。おいらがガキの頃、物語をして聞かせますと、うんうんといつも物分かり良く一度聞いたことを覚えておりました。お淳ちゃんは千代女が好きなんです」

「千代女？　あの、俳句のか。そいつァ、乙（おつ）だな」

「御存じですか」

「あたりめえだよ。〈加賀の千代〉てえ俄（にわか）のネタがあるだろうよ——『朝顔につるべとられてもらい水』」

「あ、それは知っています」

「それほど有名な俳人さ。てめえも噺家（はなしか）なら、千代女と蕪村（ぶそん）あたりはしっかり頭に入れておかねえと、座敷で話が保（も）たねえぜ。勉強しろよ」

　そういいながら師匠は莨（たばこ）を煙管（きせる）に詰め、

「で——、佐藤泰然先生があの娘を助けてくださるてえわけだ。そのあと、てめえはどうするんでえ」

と聞く。

「へ？」

「落語の世界じゃァな、見習いや前座の嫁取りは禁忌となっている。てめえ、一刻も早く修業して、一丁前（いっちょまえ）にならにゃぁならねえぜ」

「どういうことで？」

「つまり、だ。てめえが二つ目なり真打なりのちゃんとした落語家にならねえと、そのお淳とかいう娘を嫁にすることはできねえってことさ」

「ななな、なにを言うのですか。そんなつもりは……。お淳ちゃんは、妹みてえなもんで」

「バカ野郎、いまさら、なに綺麗ごとを言ってやがる。てめえ、そのつもりで世話をしてやってるのだろう？」

「い、いえ、その」

「じゃァ、なんのために、そんなに走り回っているんだ」

「そ、それは、同じ長屋で育った義理が」

「惚（ほ）れているのだろう？」

「ほ、ほ、惚れて、ですか？　いや、その、大事には思っておりますが」

と、小太郎、情けない表情で師匠の顔を下から見て、

「師匠――。おいらは、お淳ちゃんに、惚れているのでしょうか？」

などと聞いた。

さん馬師匠は、それを聞いて、心からあきれた、という顔をした。

「てめえ、何を言ってやがるんだ？　バカか？」

「いや、その」

「それになんだ、ここまでいろいろ世話をして逃げ出すつもりか。てめえ、それでもキンタマぶらさげてやがるのか。縁あって情が湧いた女なら、黙ってどおんと引き受けて、一生笑って面倒を見てやるってえのが真っ当な男の生き様だろうが。いいかげんにしやがれ」

するとそこに、襷（たすき）がけをして、両手に洗濯物を抱えた兄弟子のへい馬が現われた。

「あ、てめえ、小太郎。またそんなところに座りやがって」

と声をかけた。

「いいかげん、早く戻ってきて、内弟子の本分を果たしやがれ。おかみさんのカミナリを、ひとりで受ける身にもなってみろ。今日は、手伝っていくんだろうな」

「アニさん、もとよりで。お手伝いいたします」

小太郎は、さん馬師匠の前に座ったまま、頭を下げる。

「うむ」

師匠は唸る。

「そうさな。てめえも、てめえの修業をしなくちゃならねえ。今日、時間があるようなら、きちんとへい馬の手伝いをしてから帰れ」

「へえ」

「だがな、へい馬。こいつには、しばらく櫻長屋にいてもらうぜ。そこのところは許してやるんだな」

「はあ」

と、これはへい馬。

不満げな表情だ。

まあ、へい馬はもともと、むすっとした顔の作りの少年だが。

「こいつは、今、女のことをやっている。こらあ、男にとっちゃァ、一生のことだ。しっかり最後までやらせるぞ」

師匠はへい馬にそう言って、何度も頷いた。

◇

翌日。

お天道さまが高く昇ってから小太郎は長屋を出て、へい馬を手伝うつもりで鳥越へ向かった。

そして、本所の道を歩きながら、

(――一生のこと。そうなのだろうか)

と考えた。

(つまり、面倒見たからにゃァ、嫁に取れということなのかな?)

そんなふうに考えたが、ピンとこなかった。

師匠の言うことはいつも、どこか摑(つか)みどころがない。だがいっぽうで、腹底に強い意志や信念があるように感じる。簡単なことではないような気がした。

やがて、小太郎は両国橋にさしかかった――。

いつでも混みあっている両国の広小路だが、今日もまたにぎわっている。

小太郎がそのまま歩いていくと、

（あれ？）

と驚いた。

橋詰めの一角に『墨亭さくら寄席』の幟が出ていたのだ。

（おいらは聞いてないぞ）

背を伸ばして見ると、広小路の一角にひと混みがあり、木箱を置いて、その上に立って大声で叫ぶように噺をしている代助の姿があった。

「さあさあ、鳥居耀蔵についちゃァ、悪事の噂にゃ事欠かないが、今日の話は、蛮社の追放の話だ」

いつもの、鳥居耀蔵のネタである。

「そもそも鳥居は、湯島昌平黌の儒家の出身。国中の大名に『論語』やら『四経五書』なんざを押し付けて、江戸じゃァ、御家人を集めて、志あるものは、湯島の『学問吟味』を受験しろと指示している。そして、この『学問吟味』で成績優等の甲をとったサムライばかりを役人に登用する。こいつァね、かの松平定信が始めた儒家の考試ですよ。くそ真面目だねえ、嫌になるねえ」

慣れた調子である。

早くも見物の客が足を止め、みな口を開けて見始めた。

時間があって暇な風情の職人もいれば、公儀の噂話なら聞いておこうかなという商人風の男の姿もあった。

代助は、続ける。

「つまり、今や、千代田の御城の役人どもは、どいつもこいつもくそ真面目な儒家になっちまったてぇわけだ。――結果、長崎からもたらされる阿蘭陀の学問を広めようてぇ学者たちは追い立てられることになった。渡辺崋山、高野長英――こいつらは洋学の結社を作って公儀の儒教政策をさんざん非難したってんで、お尋ね者になっちまったぜ。まったく恐ろしいねえ。結果、おいらたちのような貧乏人を診てくださる洋医の先生方は、江戸からいなくなっちまった」

なんだか今日は、代助の様子がおかしい。

同じ政談でも、いつもの代助はどこか諧謔があって、見る人を惹きつけるような明るさがあるのだが、今日の代助は見物をつき放すような態度だ。

「なァ、おかしかァねえか、よぉ、にいさん」

代助は唾を飛ばす。

「この洋医の先生がたが最初から江戸にいれば、助かる命があったはずだろ？　本草医者が悪いたァ言わねえよ。だが、病人がひとりでも助かるてえなら、それを禁じる法はねえてえ、思いませんか」

「そりゃァ、そうだな、若ぇの」

見物から声が飛ぶ。

「そうでありましょう。あたしゃァ、悔しくってね。結局、おかみのお偉い連中は、おいらたち下々のことなど考えちゃァいねえんですよ。北町奉行の遠山金四郎と、南町奉行の鳥居耀蔵が争っている？　知らねえよ。偉ぇサムライどもの頭ンなかにゃァ、てめえのことしかありゃしねえ。おいらたち町人は、虫けらあつかい。許せるかい」

驚いた。

これはもう、辻噺ではない。

溜めに溜めた怒りを、ぶちまけているだけである。

その証拠に、見物も茫然と聞き入っているだけで、全然お捻りを投げない。投げる隙がないのだ。

（大丈夫だろうか――）

小太郎は、後ろを向いて、ぐるりとひと混みを見回した。

すると。

その心配は当たった――。

両国橋のたもとにある大店『榊屋』の軒先に、黒の羽織を着た奉行所の同心らしきサムライが立っており、その横に、米沢町の甚七親分と手下の男が寄り添っていたのだ。

(まずい、危ないぞ――代ちゃんに知らせなくちゃ)

と思ったときはもう遅い。

すぐに、ぴいい、と大きな笛が吹かれて、こん棒を持ったねじり鉢巻きの男が四、五人、『墨亭さくら寄席』の人混みに飛び込んだのだ。

わっ、と場が乱れ立つ――。

「逃げろ!」

小太郎は思わず声を上げた。

ところが演台の上に立った代助は、茫然と力なく立ちすくんでいる。

なんだか様子が変だ。

逃げる気力がないようだった。

あっさりと捕り方に捕まってしまう。

そして、やじ馬が集まる中を、後ろ手に縛られながら連れられていく。

どうしたことだろう。いつもの憎体で暴れん坊の代助ではない。

小太郎は走っていき、人混みの中から、

「代ちゃん、代ちゃん！」

と声をかけた。

代助はこちらを見て力なく笑った。

やはり、様子がおかしい。

小太郎はすぐに、榊屋の店先に立っていた奉行所の同心の旦那と、米沢町の甚七親分、手下の男のところに駆け寄り、すがりつくように、

「旦那！　旦那！」

と叫ぶように声をかけた。

「迷惑かけて申し訳ねえ。仙遊亭ンところの小太郎です！　代ちゃんに二心はねえんだ。病気の妹を助けてえ気持ちひとつでしたことだ。おいらたちは、この前の親分の説教、充分に弁(わきま)えて、すっかり毎日真面目にやってるんだ。どうか、助けてくだせえ！」

しかし同心と甚七親分は、ちらりと小太郎を見ただけで、そのまま向こうへ行って

しまう。

「親分！　親分！　親分！」

　小太郎は人混みから叫び続ける。

　すると、しょうがねえなあ、という表情をした甚七親分に耳打ちされた手下の男が近づいてきて、小太郎に声をかけた。

「心配(しんぺえ)するな。たかだか町方のガキのこった。橋本町(はしもとちょう)の押し込め牢(ブタバコ)に、五日から十日ぐれえは入って、お叱りを受けるぐらいで済むさ。今月の当番は北町奉行所だし、旦那もわざわざ小伝馬町(ろうや)になんか、送らねえさ」

「あ、ありがとうごぜえます！」

「気にするな。小伝馬町は今、大物の罪人どもでいっぱいなんだ。道ッ端(ぱた)の悪ガキの世話なんざ、最初ッから余裕がねえてえ事情もある。奉行所にしたって、放っておくわけにもいかねえから、ひとつお灸(きゅう)でも据(す)えておかなきゃなあって、それぐらいのもんだよ」

「はい」

「だが――」

　と手下の男は肩をすくめ、

「同心（だんな）への袖の下（まいない）は、用意しておけよ」

「は」

「カネさえ払えばすぐに出してもらえるってモンさ」

「どれぐらいでしょう？」

「そうさな――。同心の旦那と親分に三両、他の役人どもにゃァ、一両ずつでもありゃァ、なんとかなるンじゃねえか？」

小太郎は急いで櫻長屋に行って、顔を洗って着替えると、さっさと再び両国橋を逆に渡った。
もともと家には何もなかったが、たまたま師匠の家で帰りにもらった饅頭（まんじゅう）と、先だっての『キツネ』の賭場で稼いだカネを隠しておいた残りがあった。これらをまるっとまとめて、できるだけ綺麗な布切れに包んで懐中にしておく。
押し込め牢は、橋本町の旅人宿の近くにあった。
小太郎はそこに飛び込んだ。

粗末な会所（かいしょ）の八畳ほどの座敷には、地元の番役どもがぞろりと四人もおり、奥の牢に代助がつながれている。

　小太郎は、用意した饅頭の包みを差し出し、役人どもに散々頭を下げたうえで、牢屋の前に立った。

「代ちゃん、何をやっているンだよ！」

　小太郎は言った。

「この大事なときに、危ない橋を渡って」

「仕方がねえだろう。やっと医者が決まったンだ。十両だけとはいえ、カネが必要だろうが。そして、おいらにできることと言えば、辻噺ぐれえだ……」

「そりゃア、そうだけどさ」

「てめえにゃア、褒（ほ）めて欲しいぐれぇのもんだがな。今回は、熊吉にも、辰にも、掏摸（すり）なんざさせなかったぜ。噺だけで勝負した」

「はあ――」

　小太郎は、ため息をついた。

　それで捕まっていては、元も子もないではないか。

　すると、

「うう」

　と代助は、額(ひたい)をゆがませ、苦しげで、それでいて怒りをたっぷりと浮かべた顔をして床を叩(たた)いて、唸った。心に屈託や悲しみがあって、それをうまく消化できないといった顔つきだった。

「ちくしょう。様(ザマ)ァねえ。ちくしょう。ちくしょう」

「代ちゃん」

「い、ちからが欲しいぜ」

「――」

「なんでおいらは非力なガキなんだ。妹ひとりも助けられねえ。なぜだっ」

　そして顔を上げ、訴えるように言う。

「可哀そうじゃァねえか！」

「何が？」

「お淳さ」

「そ、そうだね」

「い、いしゅじゅつをするんだぞ！」

「――」

「あの細い体に、刃物を当てて、切るんだぞ！」

「代ちゃん」

「ひでえよ！　あんまりだ！」

そんな代助を落ち着かせようと、小太郎は言葉を継ぐ。

「佐藤泰然先生は、信用できる医者だよ。天下で一、二を争う名医だって話だ。その佐藤先生が、助かりますよ、と言ってくれたんだ。大丈夫だよ」

「気休めを言うな。わかったような言葉を、つるつると吐きやがって！」

「気休めなんかじゃァ、ないよ」

「てめえは、所詮、他人じゃァねえか。おいらの気持ちが、てめえなんざにわかるもんか。大事な体に、刃物を当てて、グサリと刺すんだぞ。不憫だと思わねえのか」

「他人じゃないよ！」

思わず、小太郎は叫んだ。

「おいらは、同じ長屋で育った幼馴染だ。兄も同然、妹も同然――。これからだって、変わるものか」

「てめえ」

代助は、牢屋の格子越しに、小太郎を睨みつける。

この格子がなければ、摑みかかって、ぶんなぐってやるといった表情だった。

「いいか——」

代助は、低い声で言った。

「佐藤泰然はな、てめえを待合室に追い出した後、あの診療室でこう言った。こういった症例は、何度か見ており、長崎ではしゅじゅつをしたこともある。きっと治るであろう、ただし」

「ただし」

「刃物を使って悪くなった臓物（きも）を取り出す、ということは並大抵のことではない。場合によっては、以前通りの体には戻らないかもしれない、と——」

「どういうことだい？」

「……つまり、お淳は、子を産めなくなるかもしれねえってこったよ！」

「——」

「もちろん、このましゅじゅつをしなければ、やがて死に至るってえから、他に道はねえ。わかっているよ。だが——わかるか、この野郎。今の、おいらのこの気持ちが、てめえにわかるか」

「代ちゃん」

「お淳は、ガキの頃から、ほんとうにいい子だった。バカで辛抱が利かねえろくでなしのおいらとは出来が違う。それなのに、そのお淳が病気で、おいらみてえなバカがぴんぴんしてやがる。おいらなんざ、どうなっても構わねえ。このまま牢屋に送られて、首をはねられたってかまわねえ。だが、お淳は違うだろ。そんなふうになっちゃダメな奴だ」

「代ちゃん」

「いいか、小太郎。てめえは昔からいい奴だ。ありがてえと思っているし、すげえ奴だなとも思っている。だが、二度とおいらの気持ちがわかるなぞというな。てめえはてめえ、おいらはおいらだ。そして、お淳を守るのは、おいらの責務なんだ」

◇

小太郎は、押し込め牢の役人どもに再び頭を下げ、代助のことをよろしく頼みますとしつこいぐらいに触れ回ってから牢を出て、神田から本所のほうへ向かった。

神田の町の人混みを、肩をすぼめるようにして歩いてゆく小太郎の心の中に、何か、怒りのような憤懣があった。

自分の無力さに。

運命の理不尽さに。

いつか師匠は、浮世の苦しみも悲しみもてめえらだけのものじゃァないと言ったが、ウソだ。この気持ちが、町をゆく連中にわかってたまるか。おいら以外のみんなは、楽しそうで幸せそうではないか。

やがて江戸の町に、六つの時の鐘が響き、あたりを夕闇が包み始めた。

その闇の中を小太郎は、櫻長屋に戻り、お淳のもとに行って、

「今夜、代ちゃんは戻らない――」

と事情をざっと説明した。

お淳は、暗い行灯(あんどん)のあかりの中で、寂しげに、

「そう――わかった」

と微笑んだ。

その顔は、子供の頃、ふたりで代助の帰りを待っていたあの雨の夜の、あの不安で気弱な表情だった。

その顔つきを見て、小太郎は胸を締め付けられるような気持ちになり、

「代ちゃんが帰るまで、おいらがいるよ」

と急き立てられるように言った。

「いいよ」

お淳は俯く。

「小太郎ちゃんには、お仕事があるでしょう？　鳥越のお師匠様のところに行かなくちゃならない。いつまでもここにいてもらっては悪いわ」

お淳はそう言って、それまで針仕事をしていた道具箱を片付け始めた。

「あたしは、大丈夫」

「そうはいかないよ」

小太郎が言うと、お淳は屹っと顔を上げ、

「大丈夫――。帰って。もう子供じゃないんだからひとりで待っていられる。小太郎ちゃんは、小太郎ちゃんのことをちゃんとやって」

と小太郎を見た。

その厳しい言い方に驚いた小太郎は、思わず、

「どうしたの……」

と息を呑んだ。

するとお淳は、泣きそうな声を出す。

「小太郎ちゃん、なんでそんなに優しくしてくれるの？」

「――そ、それは」

「嬉しいけど――やっぱり、ここまで頼れない」

思わず、小太郎は口をつぐむ。

「小太郎ちゃんが櫻長屋を出ていったのは三年前――。その後、あたしの体調が悪くなった。それがひと月前、戻ってきてくれてから、お医者様が見つかって、病気のこともよくわかって。い、い、いしゅじゅつまでできることになった。全部、小太郎ちゃんのおかげ」

「お淳ちゃん」

「感謝してる。でも――」

とお淳は小太郎を睨みつけるようにして言った。

「それでもあたし、変に同情されるのは嫌。ひとに哀れまれると、みじめな気持ちになるの。病気だから、貧乏だから、オンナだから――そんなふうに見られるのは、つらいの」

「そんなこと、ないよ。おいらは――」

「違うでしょ。優しくしてくれるのは、可哀そうだからでしょ。大丈夫。しゅ、しゅじゅつ、なんか、怖くない。おカネだって、お兄ちゃんが何とかしてくれる。貧乏だって、一生懸命生きていける。同情はいらないの」

翌日。

小太郎は、鳥越の師匠宅に出向き、師匠とおかみさんを前に頭を下げていた。

「師匠――。何年かかっても返します。おあしを貸してやっておくんなさい」

おかみさんは、あきれた顔で小太郎を眺めている。

「お淳ちゃんの、しゅじゅつ代――やっぱり、代ちゃんが作るのは無理って奴で」

それを聞いた、おかみさんはいつもの癇(かん)の立った顔つきで、言った。

「まったく、あきれたもんだねッ――。その当の代助はなぜ来ない？」

「い、今は、その――」

「なんだって？」

「番屋にひっぱられて、橋本町の押し込め牢(ブタバコ)に」

「な、なんて言った！」

「いえ、それは、代ちゃんなりにおあしを稼ごうとした顚末でして」

「いったい何をやっているんだ？　バカじゃァないのか？」

そして師匠の顔を睨んで、責めるように言う。

「あんたもあんただよ。また甘いことを言って、半端にこいつらを助けたんだろう。情けは人の為ならずって言うけどね。この類の悪ガキどもは甘やかせばいいってもんじゃないんだよ。まったく、男どもは困ったものだ」

師匠はその勢いに、肩をすくめて、長火鉢の灰を掻いている。

「て、てやんでえ。弟子のために紹介状を書いて、医者に繫ぎを取ってやることぐらい、いいじゃねえか」

「その顚末に、カネまで出そうっていうのかい？」

「じゅ、十両や二十両ぐらい、どうってことねえ。おいらは天下の仙遊亭さん馬だぞ。お座敷の声がかかりゃァ、すぐに稼げる額だろうが」

その言葉に、おかみさんはため息をつき、

「金額の多寡じゃァないんだよ！　それに十両は、その辺の貧乏人なら、半年は遊んで暮らせる額じゃァないか。いつからあんたは、そんなお大尽になったんだ」

と言った。

「いいか、こういうことは、ケジメが大事なんだ。こんな筋の通らない話があるものか。この、まだ海のものとも山のものともわからない下働きの、しかも奉公もままならず、家から出たまま、仕事もちゃんとやらねえ不良（ろくでなし）のガキの、家族でもない他人の娘のために、なんでそんな大金を出さにゃァならないっていうのさ」

すると師匠は、

「た、他人じゃァねえや」

と頬を膨（ふく）らます。

「こ、こいつの嫁になろうってえ娘だぜ？　師匠としちゃァ、黙っちゃおれまい」

「な、なにい？」

おかみさんは、師匠と小太郎を交互に見る。

「本当かい！」

「い、いい娘だぜ。貧乏長屋に住んではいるが、きちんと筋の通った、ちゃんとした娘だ」

ふたりが言い争う間、小太郎は頭を畳にこすりつけたまま微動だにしない。

師匠はいつもの調子で、おかみさんにしてやられながら、必死で言い訳する。

「と、ともかく、だ。そうとなりゃァ、こいつァ赤の他人の話じゃあねえんだよ。こいつの一生にかかわる話なんだからさ」

　小太郎はなお動かない。

　おかみさんは、小太郎を見て、切りつけるように、

「そうなのかいッ⁉」

と聞く。

　すると小太郎は、頭を畳にこすりつけたまま、叫ぶように言った。

「師匠！」

「お、なんだ」

「申し訳ございません。その話、ありません！」

「な、なにい？　なんの話だ！　説明しろいッ！」

　小太郎は顔を上げた。

　そして、眉を下げて、口をへの字に曲げ、こう言った。

「お淳ちゃんは、おいらの嫁には、なってくれません！」

「へ？」

　師匠と、おかみさんは顔を見合わせた。

　小太郎は、ここまでのことを、必死で話し始めた。

佐藤泰然の診立て。

手術をすることになった経緯と、その後、どうなるのか。

そして、昨夜の、お淳の言葉――。

「おいら」

と、小太郎は情けない顔をして、

「なんで急にお淳ちゃんに嫌われたもんだか、皆目見当がつきません。おいらが、半人前のガキだったからいけねえものか。勝手に舞い上がって先走ったものが迷惑だったものか。ともかく、おいらは嫌われた。昨夜の様子じゃァ、到底お淳ちゃんは、嫁になんざ、なっちゃあくれません！」

と泣きそうな声で言った。

言っていて、自分でも悲しくて情けなくてどうしようもなかったが、事実だから、どうしようもない。

すべてを語り終えたあと。

師匠は、

「な、なんでえ」

と、空気が抜けたような唸り声を上げたが、おかみさんは、じっと黙り込んで腕を組んで考え込んでいる。

そして、長い沈黙のあと、やっと、こう言った。

「――あたしゃ、そのお淳ちゃんとやらの気持ちが、よぉくわかるねえ」

「は」

「あたしでも、今のあんたは嫌だよ」

「――」

「あんた、やっぱり、同情していたんだろ。貧乏で、病気持ちの、子を生せないかもしれないような女なら、喜んで嫁になってくれると思ったんだろ。随分ひとをバカにした話だ。いい加減にしろ。このクソガキ」

おかみさんは言った。

「てめえ、いってえ何様なんだ。女は道具じゃねェんだぞ。女が欲しかったらな、まず、あんたが独り立ちして強くなりやがれ。すべてはそれからだ。自分が半端なバカだから、くだらねえ同情心で、傷物の女をモノにしようなどと志の低いことを思いつくんだ。ふざけるな、この野郎。それでも男か」

「そ、そんなつもりは」

「ねえってえのかぁ？　この野郎、自分の心をごまかして言い訳するのも、たいがいにしろよ」

「そ、そんな……」

「いいか、男はな、立派にてめえの足で立って、一丁前になってから、女に相手にしてもらえるってもんなんだ。あたしが今、話を聞いたところじゃァ、そのお淳とやら、かなり見どころがあるね。貧乏長屋の娘かもしれねえが、若ぇ時分からだいぶ苦労したと見える。あんたにはもったいないよ、小太郎」

「へ、へえ」

「一丁前の男が、ちゃんとてめえの足を地につけて、しっかと惚れているのかい？やるべきことをやらずに、安っぽい同情に流されて、半端なてめえの心を慰めてるだけなンじゃねえのかい。女をモノのように見定めようとしやがって、いい加減にしやがれ」

「ひい」

「師匠も、師匠だよ。しっかりしてよ。いいかい、あたしゃァ、元は吉原の美妓だよ。所詮売りもンの、世間様に顔向けできねえ世渡りをしてきた身分かもしれねえが、ところがどっこい、どぶの中を生き抜いてきたんだぜ。おんな一匹、その価値を看板に、胸張って生きてきたんだ」

「おまえ」

「いいかい、吉原じゃあ、最上級の花魁の相手ができるのは、ちゃんと自立した稼ぎのある男だけさ。おまえもそのお淳とやらに、きちんと尊敬ってえもんがあるのなら、その尊敬に見合うだけの生き様を勝ち取ってからモノを言え。あれこれあって、酸いも甘いも吸い分けて、あたしも、男の良しあしは、随分目が利くようになった。そのあたしから見て、あんたみてえな小賢しい若造はまったくダメだね。まずはしっかり稼げ、この野郎」

小太郎が頭を下げたままなのはしかたがないが、なぜか師匠も泣きそうな顔をして身を縮めている。

師匠は情けない顔をして、小太郎の顔をそっと見た。

小太郎も見返した。

「よぉし」

おかみさんは言った。

「今の話を聞いて、あたしゃ、気持ちが変わったよ。その娘、かなり見どころがあると見た。生きるか死ぬかてえときに、ちゃんと意気地のある啖呵を切れるたぁ気に入った。ここまで聞いて、何もしねえってぇのも女がすたるな。よぉし、こうなりゃどおんと、十両――いや、じゅじゅつとやらの成功を見込んで祝儀を入れての切り餅を出してやろうじゃアねえか。熨斗つけて持っていきなッ！」

「おまえ、いいのか？」

弱々しく、師匠が言った。

「おうよ。こちとら天下の仙遊亭さん馬のおかみだ。江戸の町方の女房の言うことに、二言はないわいッ」

すると、師匠の顔がきらりと光り、

「小太郎、よかったなあ！」

と言った。

小太郎は顔を上げて、二人の顔を見る。

どういう顔をしていいのか。

おかみさんは立ち上がり、タンスの中から大きな箱根細工の箱を取りだしてしばらくカタカタやっていたかと思うと、その中から切り餅（二十五両を紙でまとめ、金座の封印が捺されたもの）を取り出して、手をついている小太郎の目の前に、とん、と置いた。

「いいかい、小太郎」

「へえ」

「このカネ、やるんじゃないよ。貸すんだ。そして、このカネ、その、お淳ちゃんとやらに差し出して、誠心から『どうぞ、お使いください』と頼むんだよ。こりゃぁ、天下の仙遊亭が、ご縁と義理に従って、使っていただくカネなんだ。施しじゃあねえんだぜ、この野郎。そのあたりを、しっかと弁えな」

「へ、へえ」

「そして、あの代助の野郎にはこう言うんだ。これは貸すもんだ。恵むんじゃねえ。いしゅじゅつとやらが成功して、立派にお淳が立ちゆくようになったなら、耳をそろえて返すんだぞ、と。もし、手持ちを作れないようでも、間違っても人の道に外れたことをするンじゃねえ。こちとら、人の道に外れたカネを受け取るぐらいなら、いくらだって待ってやる」

　横では師匠が、

（お、おまえ。それは師匠の俺のセリフじゃァねえのか？）

という顔つきで、口をぱくぱくしていた。

　おかみさん、そんな師匠の顔を見て。

「いいねッ！」

「は、はい」

今度は小太郎の顔を見て。

「いいね、小太郎！」

「ひ、ひぃ。は、はい。わかりました！」

ありがたいやら、情けないやら。

ただ、平伏する小太郎に唯一わかったのは、自分が浅はかで半端な若者であり、目の前のおかみさんは、さまざまな人生を生きてきた大人で、そして、おんなという、得体（えたい）の知れない生き物なのだということだった。

◇

その日、小太郎はそのまま鳥越の師匠宅に泊まり、翌日、井戸で体を洗って身を清め、髪を結ってこざっぱりとした恰好で家を出た。

橋本町の旅人宿街の押し込め牢に寄って、役人たちに頭を下げ、小さく懐紙（かいし）に包んだカネを袖の下としてそっと配って回り、親分さんにもお渡しください、と少し大きな包みを渡したうえで、代助の身柄を引き受けてきた。

そして連れ立って神田を東へ渡り、やがて櫻長屋へつくと、代助とお淳を狭い長屋の四畳半の上座に据えて、ぴたっと頭を下げた。

「なんだ、なんだ、改まって」

慌てる代助に、小太郎は師匠の（正確には、おかみさんの）口上を述べた。

「江戸っ子の縁と義理により、どうかこれをお使いください」

五両は、牢から代助の身を請け出すのに使ったから、目の前にあるのは残りの二十両である。

頭を下げた小太郎に、面食らったふたりは、顔を見合わせてしばらく言葉もない。

お淳は、小太郎の顔をじっと見て。

ふと顔を上げて見返すと、その瞳に、みるみる涙があふれてきた。

ああ、綺麗だな、と小太郎は思った。

お淳は、涙声で、こう言った。

「――もう、来てくれないと思った」

お淳は、この一言で、心からほっとした顔になった。

小太郎もまた、ほっとした。

そのときわかった。

みんな、不安だったのだ。

それだけのこと、なのだ。

「ひどいことを言ったから」

「ひどいことなんか、言ってないよ」

小太郎は答える。

お淳はぽろぽろ涙を流しながら、

「小太郎ちゃん、あの日話したこと、覚えている？」

と言った。

「話したこと？」

「この前、加持祈禱の御師が来て、ふたりで墨堤の柳の下まで逃げたときのこと」

「うん」

「そこであたしの弱味に付け込む病気を大川に流した」

「――〈風の神送り〉だね」

「だからあたし、もう、誰にも弱気を見せない。そして、あのときの約束を守る」

「約束――」

「きっと生きて、日の本じゅうの町を旅して、千代女姐（ねえ）さんのように、俳句を詠む」

「うん」

「だから小太郎ちゃんは、真打になって」

「うん」

「きっとよ」

「きっとなるよ」

代助はむっとした顔で腕を組んでふたりの会話を聞いていたが、やがて懐から右手を出して、二十両を、むんずとつかんだ。

「小太郎、ありがとうよ。このカネ、遠慮なく使わせてもらう。だが、てめえは、お淳との約束を守れよ」

「代ちゃん。おいらだって、この三年間、遊んでいたわけじゃァねえ。修業していたんだぜ。見てろ、すぐにでも一丁前になってやる。お淳ちゃんに、落語を聞かせて笑わせてやる」

「おう。聞いたからな」

「あたりまえだ。おいらの弱気も、あのとき大川に流しちまった」

するとそのとき。

長屋のそとで、ざっと音がした。

にわか雨だった。

この町を包む、霧(きり)のような雨だった。

お淳がつぶやくように言った。

——夕立や　後へ逃げるる　気はつかず

第四席　転失気

「で――、てめえ、なンの噺を演りてえッてんだ？」

莨をすぱりすぱりとせわしく吸いながら、仙遊亭さん馬は言った。

目の前には、小太郎が両手をついて座っている。

「へえ。おいらが好きなのは〈火焔太鼓〉に〈舟徳〉……」

そう言いさすのを、さん馬は悲鳴のような声で止めた。

「ば、バカ言うな、この野郎。名人やら真打やらが演るような大きな噺をいきなり出しやがって、百年早えぞ。こんちくしょう」

「へ」

「モノには順番てえものがあるんだ。てめえのような下働きの、まだ前座にもならねえジャリに〈火焔太鼓〉はあるめえよ！」

「でも――」

小太郎は必死で顔を上げる。

「でもくそもねえや。それに、なんだなんだ、いきなり師匠を捕まえて稽古をお願いしますって。無礼もほどほどにしろよ――。ああ、おいらも甘ぇなあ、だからいつも仙遊亭は女房で保っているなどと悪口を言われンだな」

「そこを、なんとか！」

お淳に、約束してしまった。

一刻も早く、真打になる。

今さら、引くわけにはいかないのだ。

「もしこれが諏訪町だったら、てめえ、とっくに破門だぞ」

諏訪町、というのは、師匠の好敵手と言われる喜久亭猿之助師匠のことだ。

「いいか、てめえごときに直接口をきいてやるのはおいらが流儀――だがな、世間様じゃァ、入門から何年かは弟子と直接口もきかねえってのが普通ってもんだ。それをなんだ、おいらの性分に付け込んで、ずけずけとモノを言いやがって」

「は――」

でも、さん馬師匠のそんなところが、小太郎は好きなのだ。

あまり偉ぶらない。

威を立てて胸を張るのは野暮だと思っているところがある。

今でもひょいひょいと一人で蕎麦屋あたりに酒を呑みにいく。値段が張る吉原遊郭なんぞにゃ近寄らず、浅草の奥山の茶店などでにこにこしている。

同じ人間相手に、居丈高に臨むのは、たとえそれが弟子でも大嫌い。

そこがいいのだ――。

「落語の師匠と言われる連中が、前座、二つ目、真打と、身分と格式にこだわって若手を厳しく育てるのは『芸』に対しての尊敬があるからなんだ――」

仙遊亭さん馬は言った。

「噺家の身分は、テキトーにつけているわけじゃァねえ。いい奴だから、とか、仲間だから、とか、そんな馴れ合いでつけているわけじゃァねえよ。きちんと『芸』が伸びれば二つ目となって、さらに『芸』が磨かれれば真打になる――これが、この世界の道理なんだ」

「はい」

「だから『芸』の格にしたがって、扱いが変わる。着る服も、やる仕事も、演目も変える。わかるか」

「はあ」

「つまり、噺家はみな『芸』そのものに対する敬意があるからこそ、二つ目、真打、てえ身分にこだわるってわけさ。格式やふるまいにもな。——てめえ、俺がゆるい師匠だからってンで、甘えるんじゃねえぜ」

「いえ、そんな、甘えてなんかいません」

小太郎は言った。

確かにさん馬は、他の師匠に比べれば甘いと言われている——。

だが、小太郎は、さん馬師匠を甘い人だと思ったことはない。

それは芸や日々のふるまいを見ていればわかるのだ。

「おいらだって、落語に対する尊敬は他の師匠(やつら)にも負けねえんだ。てめえみたいな見習いに〈火焔太鼓〉を稽古するわけにはいかねえよッ！」

「は」

「てめえの兄弟子のへい馬に最初に教えてやったのは、前座芸の〈転失気(てんしき)〉だった。てめえもこいつから、しっかりやれ！」

「ええっ」

「なんだてめえ、文句あるのか」

「あ、ありません」

小太郎は言ったが、内心は文句ありありだった。

確かに〈転失気〉は、前座ネタでありながら、師匠がたでも時々語る良くできた噺だ。

だが、屁のネタなのだ。

先日、お淳に、

「見てろ、すぐにでも一丁前になってやる」

と思いっきり格好をつけて、啖呵を切ってしまった。

その一発目にやるのが屁の噺？

どうしよう――。

「し、師匠。お、おいら、お淳ちゃんに一等はじめに噺を聞かせる約束をしたンです。それなのに、屁の話は――」

「な、なんだとう！　芸を舐めるな！」

「そんなつもりは」

「そんな心持ちで修業をするとは何事だ！」

「へ、へえ」

この世界、師匠の言うことは絶対なのだった。

◇

翌日の墨堤。

大川を見下ろす土手の上に座って、小太郎は、うろ覚えの〈転失気〉を必死で稽古していた。

仙遊亭では、師匠がひとつのネタについて目の前で演じて見せてくれるのは、三回までと決まっている。弟子は、前に座って、その一挙手一投足を見逃すまいと、必死で見つめて脳裏に焼き付ける。

一度目はすでに終わってしまった。

次の稽古までに、思い出しては何度もおさらいし、決めの細部を押さえておかねばならない。

もちろん小太郎は、他のアニさん方が寄席などで披露しているのを何度も見ている。だが、仙遊亭には仙遊亭の決まりがある。たとえば、転失気の由来を説明する順番が違ったり、小坊主の珍念が戻ってきて言うセリフが異なったりする。間違えて、立川流や三遊亭などのやりかたを演じてしまった日には、大変なことになるのだ。

小太郎は、必死で喋っては、兄弟子のへい馬に見てもらって、ダメ出しをしてもらっていた。

「小太郎、珍念はもう少し軽く、バカっぽくが流儀だ」

「歩くとき、跳(は)ねるように、首を左右に振って、間抜けだってことをご見物に伝えるんだぞ」

わりと面倒くさい。

さんざん直しを入れてもらったあと、小太郎が、

「もう、なんだって、こんな噺をやれと師匠は言ったものか」

と、愚痴(ぐち)を言った。

すると、へい馬は笑って肩を叩(たた)く。

「早いうちに〈転失気〉を教えるのは、師匠の思いやりさ。この噺は、短くて使い勝手がいい。それに登場人物も、和尚(おしよう)に小坊主、医者に八百屋(やおや)に魚屋と、ひととおりそろっている。そこもいいところだ」

「はあ」

「とう馬アニさんも、かん馬アニさんも、早いうちにこいつを教えてもらって、ずいぶんとあちこちで使っていたものさ――。いわば仙遊亭の習慣(ならい)だな。しっかりやれ、

この野郎」

そして、少し、意地悪な感じでこうも言った。

「――それにてめえ、以前、急に寄席の前座に出られることになって、自己流の〈平林〉で失敗したじゃないか。〈平林〉なんざは、登場人物も少ねえし、噺自体が面白いから、そのあたりの素人でもやる。だが、それもうまくできなかったてえのは、芸の足腰が定まっていねえってこった。稽古が浅いと恥をかくぜ。よおく、わかっただろう？」

ただ、このへい馬の場合は、深い悪意があるわけではない。言い方の癖なのだ。

口を突き出すようにして、顎をねじるようにして喋る。

「腹を据えて〈転失気〉をしっかりできるようになるんだな」

「へ、へえ」

「さあ、もう一度だ」

小太郎は観念して大きく息を吸って、へい馬に向かって座り直し、背筋を伸ばして、再度噺をさらうことにした。

高座に上がったつもりになって――。

「えー、お笑いを一席頂戴いたします」

すると、すぐに、へい馬が、

「ちょっと待った。もう一度——最初のひとこと、乱暴にやるな」

と鋭く突っ込む。

「てめえ、なんて言った？」

「へえ。『えー、お笑いを一席』と」

「それだ。最初の『えー』で、ご見物に『いってえこの人は、次になんて言うのだろう？』って、前のめりになってもらわにゃァならねえンだ。そのための『えー』なんだから、ちゃんと芸になってなくっちゃァならねえ」

「は、はい」

「いい加減にやると、誰もこっちを向いてくれないぞ」

「あ、ありがとうございます」

「なぁに、おいらも、とう馬アニさんの受け売りさ。気にするな。やってみろ」

「えー、お笑いを一席」

「だいぶよくなったけど、もういちど、間を大事にしてやってみな」

そんなことを熱心に言い合うふたりを、横で代助が、あきれたような様子で見ている——。

バカみてえだ。

外から見れば、どの『えー』も大して変わらない。

(悠長なもんだよ)

代助は、長い竹竿を作って、川面に釣り糸を垂らしている。

(鯉か、できればウナギでも釣ってお淳に精をつけさせる)

そんな料簡らしい。

もう、一刻(約二時間)はやっているのだ。

「もっと、扇子は斜めに。下の客にも見えるようにな」

「いや、首の傾げかたは、こうだな——。これだけで登場人物が得心していないって伝わるもんだ。こういうしぐさが大事」

へい馬と小太郎は芸の直しを続けている。

やがて代助は、耐えられないという表情でふたりに茶々を入れた。

「なんでえ、なんでえ。さっきからいい若ぇもんがふたり、雁首そろえて、細けえことを、こ、こ、こちゃこちゃと。江戸っ子ァ、せっかちが身上だ。まったく、イライラさせやがる。そんなわけのわからねえ稽古なんぞをやっている暇があったら、さっさと客前に出たらどうなんだ」

「うるせえ。落語とは、そのようなものではない」

と、これはへい馬。

「てやんでえ、格好つけやがって。ぺらぺら喋（しゃべ）っておあしをいただくのに、修業だ格式だてえ、うるせえや」

「代ちゃん」

小太郎は慌てた。

「仙遊亭には、仙遊亭の『型』ってもんがあるんだよ」

だが、代助は切れ長の目をきゅっと吊（つ）り上げるようにして言った。

「うるせえよ。小難しい——小太郎、そんなことやめて、せいぜい明日にでも墨堤に『さくら寄席』の幟（のぼり）を立てようぜ。稽古もできるし、投げ銭ももらえる。一石二鳥（いっせきにちょう）ってなもんさ。カネにならねえ修業なんざ、暇で悠長な連中の道楽でしかねえや」

「な、なんだと、この野郎！」

へい馬が立ちあがって代助につっかかろうとしたとき、川っぺりに立てかけてあった竹竿が、どっとしなって、うき替わりの木切れが沈んだ。

「おおっと、かかりやがった！」

代助は、ふたりをほったらかして、水際（みぎわ）へ駆け寄る。

それを見送ってへい馬は、小太郎を振り返り、吐き捨てるように言った。

「まったく、腹が立つ野郎だぜ」

「アニさん、すみません」

「おまえが謝ることじゃァねえだろ」

へい馬は、並びの悪い歯を突き出して憎々しげな表情をする。

「まったく、てめえの兄貴分だかなんだか知らねえが、モノを知らねえいい加減な野郎だ。修業の厳しさをまったくわかっていねえ。万事いい加減な師匠だって、若い時分にゃァ、ひと月に噺をふたつもみっつも覚えるってえ荒修業をしたっていう。みんなそうやっててめえだけの芸道を創っていくンだ。それなのに、あの野郎、広小路での辻噺なんぞでウケたからって玄人を舐めてやがる。ふざけやがって！」

「はあ」

「だが」

へい馬は腕を組んで、言った。

「悔しいが、客前に出ろってえあいつの言い分は正しい――」

そして、じっと小太郎を見る。

「おい、小太郎――てめえ、おいらが仲間と秘かにやっている伊勢屋さんのお席に出てみねえか？」

「え」

「おいらは下働きで忙しい毎日だが、このまま落語ができねえのも癪だってぇんで、ときどき前座仲間で集まって勉強の会をやっているのだ。猿之助師匠ンところの猿太、堂前の師匠ンところのらく太、そしておいらだ」

「アニさん」

「なに、心配するな。師匠に話は通してある。師匠が酔っ払って機嫌がいいときにお声がけしてな。覚えているかどうかはわからんが、お許しは、お許しよ」

「――――」

「席主は蔵前の蠟問屋、伊勢屋のご隠居さんだ。ご隠居はとんだ粋人でな、若手が頑張るのを見ているのがたいそう楽しみってことで、ときどき回向院近くのお妾さんの家の二階に場を設けてくれるのさ。客は多くはないが、みな、ご隠居のお仲間の通ばかり。勉強になるぜ――」

「い、いきなりですか？」

以前、急ごしらえで寄席の前座に出て、脂汗を垂らして固まってしまったことを思い出した。

あのとき、客席には歯の欠けたジイさんがひとりしかいなかったのに、自分は口ごもってしまった。

大丈夫だろうか。

でも、あのあと『墨亭さくら寄席』で代助と掛け合いの噺をしたときには話すことができた。夢中だったからだ。

ちゃんと準備すれば、あるいは……。

「まあ、前が前だから、お前の気持ちもわかるがな――。だが、そんなこと、言ってる場合か？　場数を踏むんだ」

「はい」

「てめえ、近いうちにお淳ちゃんに落語を聞かせてやるんだろう？　急がなくちゃならねえんじゃねえのか？」

「近いうち……」

そうだ。

その通りだ。

一刻も早く、お淳を笑わせられるようにならなくちゃ。

「よく考えておけ。お前次第だぞ」

へい馬はそう言って、釣竿を持って右に行ったり左に行ったりしている代助の様子を見ていた。

その日、大川に注ぐ小川の流れ込みで釣れたのは、大きな鯉だった。

代助は小太郎に手伝わせて、ほくほく顔で櫻長屋に帰る。

「お淳に精をつけてやれるぜ」

代助は、嬉しそうに言った。

「そうだなあ。病気の人間に、刺身でもあらいでもないだろう。筒切りにしたものを、時間をかけて酒と醬油でコトコト煮込んでから、味噌をぶちこんで、鯉こくにしてやろう。味噌はご近所に借りにゃァならねえから、お裾分けをしなけりゃなるまいが、それにしたって、お淳に食わせるにゃぁ、充分残る。ふふふ」

それで代助は、家に帰ると、盥に井戸水を張って鯉をぶち込み、すぐに竈の火を熾しにかかった。

家で待っていたお淳は驚いた声を上げる。

「なによ、お兄ちゃん、帰ってきたと思ったらいきなり」

「待っていろよ。今日はごちそうだぜ」

走り回る代助を横目に、小太郎は、お淳に説明した。

「——鯉を釣ったのさ」

「へえ！　ありがとう」

「しゅじゅつは、まだかい？」

「うん。この前、『和田塾』から手紙をもらったわ。ひと月ぐらい待つかもしれないって」

「ひと月……」

その間に、ちゃんと落語を喋れるようになるだろうか？

お淳は正直、そんな小太郎の想いを気にも留めないだろう。

だが、小太郎にとっては、ひとつの目標とする期限のように思えた。

手術の前に噺を聞かせて、どうだ、と胸を張りたい。

「しゅじゅつのとき、先生を手伝ってくれるお弟子さんたちが皆、下総の佐倉にいるのだって。手紙を書いて呼び戻してくれているのだそうよ。それを待っているの」

「ふうん」

「なんでも、佐藤先生は、しゅじゅつにますいというものを使わないのですって」

「え？」

ますいとはなんだろう？

「ますいというものはね、毒を薄めたものを呑んで、体をしびれさせて、痛みを感じさせなくするものなのだって。佐藤先生とは違う流派で、和歌山の名医、華岡青洲（はなおかせいしゅう）先生のお弟子さんたちは、トリカブトなどの猛毒を使って、ますいをかけるのだそうよ」

「トリカブト――こわいね」

「うん。だから、佐藤先生はそのやり方は認めない。毒を呑ませて、いったん気を失わせてからしゅじゅつをするのは、あまりに危険だとのお考えよ」

「なるほど」

「だから、きっと、華岡流のやり方よりも、佐藤先生のほうがしゅじゅつは安全――。だけどその分、患者は、体を切る痛みに耐えなくちゃならないの。患者が暴れないように、押さえつける人が必要なのだって」

それを聞いて、代助は、あまりの激しさにどっと汗をかく。

それは手術と聞いてから、ずっと想像していたことであり、佐藤先生がそのますいとかいう怪しい毒物を使わないのはありがたいことだけど、その分、お淳は、必死で痛みに耐える以外はないという意味だった。

「だから、お淳は、体力をつけなくちゃァならねえってわけだ」

代助は、竈にかけた鍋がことことと音を立て始めるのを、油断なく見つめながら、言った。

やがて代助は鯉を煮込みながらも近所を回って、醤油だ味噌だと借りてきて、あげくに大工の金五郎が漬けたというどぶろくまでもらってきて、

「ほら、薬だ」

と差し出す。

「だ、代ちゃん、無茶だよ」

「てやんでえ、少しだよ。昔ッから、どぶろくは薬だ」

お淳は、困ったように微笑(ほほえ)んで、ひと口だけ、それを呑んだ。

「よおし。煮えたぞ」

代助は、竈から鍋を取り上げ、そのまま座敷に持ってきて、鍋敷きの板ッ切れの上に置いた。

濃い色の汁に浸(ひた)されて、輪切りにした鯉の身が、しっかりと煮込まれている。

皮は剝がれており、身は味噌の色に染まっていた。

香ばしい香りが、たまらない。

代助はいそいそと、欠けた茶碗をそろえて箸を上手に使って取りわけて、身の上に汁をかけて配った。

「昔ッから、鯉は精が付くっていうぜ。わたも皮も、たっぷりと煮込んでやった。お淳、しっかり食えよ」

　そう言って嬉しそうに笑いながら、小太郎をからかうように言った。

「まったく、てめえは悠長なこった。お淳、この男はもう三年も奉公して修業しているってえのに、まだ一席も噺ができねえっていうのだぜ」

「お兄ちゃん、なんてことを言うの！」

　お淳は兄を叱ったが、その通りだった。

　小太郎は落ち込んだ。

（な、なんとかしなくっちゃ）

　このとき小太郎は、へい馬の勉強会に出ようと決心した。

（と、ともかく上手(うま)くならなくては）

　ちなみに、味噌のきいた鯉こくは、ひどく美味(うま)かった。

◇

蠟問屋伊勢屋の妾家は、回向院の並びの瀟洒な一軒家であった。

ちゃんと二階に広間があり、墨堤越しに遠く富士山が見える。

その二階に、いかにも余裕がありそうな中年の旦那衆が五、六人集まって酒を呑んでいる。上座に座る白髪交じりの恰幅の良い壮年の男が伊勢屋の隠居であるようだった。

最初に高座に上がったのは、兄弟子のへい馬である。

高座といっても、床の間の前に座布団を置いただけ。

とくに舞台があるわけではない。

「えー、慈鳥の会、本日の口切は、手前、仙遊亭のへい馬が務めさせていただきます。いや、この会はいつも居心地がいいや」

へい馬は、軽々とそう話すと、噺を始めた。

〈岸柳島〉だった。

昔からある笑い話をもとにした明るい演しもので、気分のよい話だ。

混みあう大川厩(うまや)の渡し船を舞台に、乗り合わせた町人たちに無理難題をふっかける乱暴者のサムライと、それを窘(たしな)める老侍が、丁々発止(ちょうちょうはっし)のやりとりをする。へい馬はまだ決して上手ではないが、誠実な話しっぷりで、いかにも粋な下町の流儀だ。

小太郎は、感心した。

（アニさん――。いつの間に修業していたんだ）

へい馬は、痩(や)せっぽちで頰(ほお)がこけて、がちゃっとした歯が出っ張っている、決して見た目の良いとは言えない貧相な男だが、なかなか堂々としている。

旦那衆も嬉しそうに笑いながら聞き入っている。

手を叩いたり、茶々を入れたり。

随分温かい『場』であった。

もともと仲間内のことでもあるし、話し手も若手だ。

肩ひじを張った場ではないのであろう。

やがてへい馬は、最後の、

「――いや、さっきの雁首(がんくび)を探しに来たんだ」

というサゲの後愛想よく笑い、温かい拍手をもらった。

そして、

「えー、さて、本日は、おいらが不肖の弟子の小太郎が来ております。突然わがままを言って申し訳ございませんが、こいつ、急仕立てで修業させる必要がございまして、一席お付き合いいただければと存じます」

と、紹介してくれた。

「おお、いいとも」

旦那衆はにこやかに迎えてくれる。

小太郎は、緊張気味に正面の座布団に座り、丁寧に扇子を目の前に置いた。

わずかな人数なのに、見つめられていると目がくらむ。

大丈夫。今日は寄席ではない。木戸銭も取っていない。みんな、優しい人たちだ。

小太郎は、教わった通り、

「えー」

と言った。

たかが『えー』だが、声が裏返った。

そして声が裏返ったことに自分で驚き、どっと汗が出る。

（い、いけねえ——）

一瞬真っ白になった脳裏に、お淳の顔が浮かぶ。

（約束したんだ。きっと、真打になると。こんなところでしくじるわけにいかないぞ。お淳ちゃんと一緒に、弱気は大川に流したはずじゃァないか）

頭をふって、必死に噺を始める。

〈転失気〉とは、こんな話だ。

あるお寺の和尚さんは、ともかく見栄っ張り。

普段から、博識を誇って、周囲に説教をするのが性分である。

ある日、体調を崩して医者に診てもらったところ、医者に、

「てんしきはありますかな？」

と聞かれる。

和尚は、知らないということが癪なので、知ったかぶりをして、

「ございません」

と答えるが、その意味が知りたくて気になる。

そこで小僧の珍念を呼んできて、さりげなく聞くが、珍念もわからない。

「わたしにはわかりません。和尚さん、教えてください」

そう問う珍念に、和尚は、

「当然わたしは知っているが、すぐに教えてしまったのでは、お前のためにならない。自分でちゃんと調べて、わたしに報告しなさい」

と命じる。

そこで珍念は、あちこちでその意味を聞いて回るのだが、どいつもこいつも知ったかぶりでいい加減なことを言うので埒が明かない。

最後に珍念は医者のところに行って聞くが、医者は笑って、

「てんしきとは、屁のことじゃ」

と教えてくれる。

「昔の中国の偉い学者さんが書かれた本に書いてあるのじゃ」

と。

そこで、珍念は、

(はあん。和尚さんも実はこの意味を知らないのだな)

と察して、和尚さんをからかうことにする。

「和尚さん、てんしきとは、『さかずき』のことでございます」

そう復命すると、

「よく調べた。褒めてやろう。その通りじゃ。呑漆器と書くのだ。お前もおぼえてお

けよ」

と和尚さんも大喜びしてさらに知ったかぶりをした。

ふたたび医者が和尚のところへ往診にやってくる。

「実は、てんしきがありました」

「それはよかったですな」

「自慢のてんしきをお見せしましょう」

「な、なんと。結構ですよ」

「遠慮なさらずに。わたしのてんしきは、三段重ねです」

「なんと、三段重ね？」

「桐の箱に収めてありまして」

「どういうことで？」

話が合わない。

大騒ぎになる。

物陰で小僧の珍念はこれを聞いて腹を抱えて大笑い――。

ざっと、こんな話なのである。

小太郎のような前座にふさわしい短い話だが、登場人物は、和尚、小坊主、医者、近所の熊さんにおかみさん。いわゆる落語の主要人物がまるっと出てくるわけで、きっちりと演じ分けねばならない。

小太郎は、必死で話す――。

だが、その場の客はくすりとも笑わぬ。

（ここが笑わせどころだ）

と思ったところに力を入れるが、調子よくつるつると話さねばならぬところで、言葉につまって、言い直しをすること数度――これでは伝わらない。

小太郎は、焦った。

どうすればいいのか。

最後のサゲで、和尚さんが騙されたことを知り、医者に問い詰められる場面――。

「さて……、お寺では、さかずきのことを、てんしきとおっしゃるのですか？」

「はい。おなら、へいあんの昔から」

と言って頭を下げたが、誰の表情も、ぴくりとも動かなかった。

（こ、こんなに下手だとは）

あまりのひどさに自分でも眩暈がした。

みな拍手はしてくれた。

だが、場の空気がその出来を物語っていた。

その後、へい馬の仲間の喜久亭猿太と、三遊亭らく太が、それぞれ噺をしたが、一切耳に入らなかった。

小太郎は、小さくなって兄弟子のへい馬と同じ、十七、八の少年である。

噺が終わって、伊勢屋の隠居はにこやかに手を叩き、それぞれに酒をくだされる。

四人はそれぞれ、ありがたく酒に口をつけた。

そして、講評が始まった。

旦那衆はひとりひとりが、芸事の目が肥えた粋衆だという。

若手のために、いろいろダメ出しをしてくれるのだ。

「さて、まず、へい馬さんの〈岸柳島〉だが」

「なかなかよかったな」

「町人たちがサムライをからかうところなどは、江戸っ子の威勢のよさが出ている。聞き入ってしまったよ」

「だが、老武士はどうだろう」

「うむ。若い武士のほうはよかったが、老武士のなりは、少しまだ、未熟だったかな」

「ちょっと無理がある気がしたな」

「いかにも――。どうだい、へい馬さん」

「はい、ありがとうございます。そこを、修業して参ろうかと。でも、老人は難しくて――」

みな、口々に意見を言い、へい馬も真剣に聞き、頷いたり意見を言ったり。

随分と気の置けない会である。

これは確かに、肩ひじ張った師匠の稽古よりもためになるかもしれない。

さんざんへい馬の噺の講評が終わった後、

「さて――つぎは、小太郎さんの〈転失気〉だが」

と、隠居が言った。

「うむ」

「悪くはないな」

「初めてとしては頑張っていた」

旦那衆は困ったような顔をして顔を見合わせる。

どう言っていいのか、言葉が見つからない様子だ。

自分でも出来はわかっている。

小太郎は小さくなって話を聞いている。

「――小太郎さん、師匠に稽古はつけてもらっているのかい？」

「へえ。一度だけ」

「ふうん。じゃァ、丁寧に添削をしてもらったわけじゃァないんだね」

「はい」

「――一度、高座で見るといい」

「………」

「前座噺であっても、それは素晴らしい芸だ。和尚さんは和尚らしい喋り、小坊主は小坊主らしい喋り。いいかい。丁寧に演じ分けねばならない」

「はい」

「しばらくは、この噺を続けるといいよ。この噺は間が勝負。抑揚をうまく使えば、見物は笑ってくれる」

「へえ」

「それにあなた、声が通らないな。よく聞こえる声を出す稽古をするといい。寄席の奥の席まできっちり聞こえるようにな」

聞いていて涙が出そうになり、胃がきゅっと縮まるような気がした。

三年間、真面目に奉公してきた。

体も大きくなった。

声も低くなった。

自分は頑張っている——、そう思っていた。

だが、どうだ。

全然進歩していないじゃないか。

たったひとつ年上の代助など、一切修業などしていない。

自分では、おいらはろくでなしだ、奉公先も見つからないと言いながらも、いったん辻に立って喋れば、言葉に詰まって言い直すなどということは決してない。あれだけのひとの足を止め、銭を投げてもらえる。

もちろん、代助のやっていることは辻芸で、きちんとした落とし噺ではない。

だが、辻噺だろうがなんだろうが、ひと前で舌を回して、一両もお捻りが集まるのならば立派なものだ。

何が違うのだろう。

つまりこれは——、

(修業だなんだという以前の問題ではないだろうか)

そんな思いが胸をめぐって、どうしようもなく自分がダメな人間に思えた。

(なにが、真打になる、だ。なにが、しゅじゅつよりも早くお淳ちゃんに落語を聞かせて驚かせてやろう、だ。いい加減にしろ)

「——太郎、小太郎」

「え、あ。すみません」

「しっかりしろよ。てめえ。旦那衆がお前を思って丁寧にご意見をくださっているってえいうのに、上の空でいやがって。ちったぁおいらの顔も立てろ」

「アニさん、申し訳ありません」

もう、情けなくて消えてしまいたかった。穴があったら入りたいとは、こういう気持ちを言うのだろう。

◇

すっかり落ち込んで重い足を引きずって竪川沿いを帰っていると、三つ目橋の下で騒ぎが起きていた。

代助だった。

代助が、長屋のガキどもの熊吉、辰、留蔵らを引き連れて、網を持って堀沿いを走り回っているのだ。

代助は、先日、川で鯉を釣ったことに味をしめ、いよいよ竪川で魚獲りをはじめたらしい。

（あらら）

小太郎は思った。

そもそも、江戸では、魚釣りはそれほど好まれない。

毎日長屋を回ってくる棒手振り(ぼてふり)から魚を買うのをケチって釣りをする、という態度がそもそも粋ではないし、江戸中の川という川、堀という堀には、荷舟から猪木舟(ちょきぶね)、屋形船から武家舟までさまざまな舟が行きかっているので、魚釣りは邪魔である。

イナカモノじゃァあるまいし、このせっかちな江戸で釣りとはなにごとだ、というわけで、まっとうな江戸人は滅多(めった)に釣りなどしないのだ。

だが、

「貧乏人が、そンなこと言ってられっか！」

というのが代助の言い分である。

「てやんでえ。こちとらァ、背に腹は代えられねえぜ」

というわけで、舟が行きかう堀に飛び込んで子供たちを指示して網をふるい、魚獲りに励んでいるのだ。

「――代ちゃん」

橋の上から声をかけると、代助は堀の水に腰まで浸かったまま、

「おう、帰ったか」

と笑って、河岸へ上がってきた。

「なんでえ、なんでえ、景気の悪い顔をしやがって」

「そんな不景気な顔かい？」

「ああ。青ッ白い、しけた面だ」

「それはどうも……」

「なんでも話してみろ。何があったんだ」

「今日、小さな宴席で噺をしたんだけどね」

小太郎は言う。

「すっかりすべって、客をくすりとも笑わせることができなかった」

代助は、ねじり鉢巻きをとって顔を拭きながら、

「へえ、それでその不景気な顔かい」

と笑った。

「なんだ、それぐらい。死ぬわけじゃァあるめえがよ」

「それはそうだけどね」

「この前、墨堤で稽古していた噺か。あの、屁の噺――」

「うん。ちゃんと師匠に仙遊亭の流儀を教わって、アニさんに見てもらって何度も稽古したのにな。最後の畳み込むところで、舌がもつれて、言い直しをしちまって――こうなると、まったくウケねえ。難しいよ」

「てやんでえ、なんだ、あんな噺」

「そういうことじゃないんだよ」

暗い顔をして下を見る小太郎に、代助はあきれたように言った。

「頭のいい奴らは、大変だなあ。上手いの下手だの、『えー』がダメだとか『あー』がいいだとか――おいらに言わせりゃァ、どうでもいいよ。人前で噺をしておあしをいただくのに、技も年季も関係ねえ。こちとら貧乏人はな、扇子の上げ下げなんかより、声がでけえか小せえかのほうがずっと大事なンだ――。ちょっと、来い」

代助は、汚れた体をぱんぱんと叩く(はたく)と、桶に溜まった鮒(ふな)や鯔(ぼら)を、熊吉と辰に渡して井戸脇の雨水樽に入れておくように指示する。

そして、むんずと小太郎の手を取った。

「てめえは、お淳の想いびとだ」

「な」

小太郎は顔に血が昇るのを感じた。

「そんな」

「うるせえ！　ともかく、てめえに、そンな暗い顔して櫻長屋に帰られたンじゃァ、こっちの迷惑なんだよ！　男なら、外の世界での屈託（くったく）なんざ、家に持ち帰るンじゃねえよ」

代助が手を引いて連れていったのは、三つ目橋からすぐ。

両国橋の東詰めの広場だった。

代助は柳の木のたもとにあった大きな石の上に飛び乗って、ぱんぱんと手を叩（たた）いて、大声で言った。

「寄ってらっしゃい、見てらっしゃい。ちょっとそこの旦那、噺をきいていかねえかい。おっとダメかい。そっちの旦那、目で見てくれなくても構わねえ。耳だけこっちにお貸しになっておくんなさい。この『墨亭さくら寄席』が代助、くだらねえ戯（たわむ）れ話（ばなし）をして笑いを頂戴いたそうてえ算段にございます」

そして、茫然と立っている小太郎に向けて、片目をつむってみせた。

道行くひとが、ひとり、ふたりと立ち止まる。

多くはそのまま行ってしまうが、かまわずに代助は叫ぶように言った。

「――世の中にゃァ、知ったかぶりの奴らってのはいるもんでございましてね。知らねえことを他人に聞くのは、自然なこって、何が恥ずかしいのか、おいらみてえなバカにゃァわからねえが、身分のある連中ってえのは、そこまで偉そうにしたいもんですかね。どうですか?」

思わず問われて、目の前に立っていた商人風の男が驚いたように目を丸くしている。

「だいたいこういうのはね、坊主やら学者やら大名やらってえ奴らに多いんだ。けっ、ご苦労なことだよ。お偉い連中なんざァ、ろくでもねえやな」

代助の声はとてもよく通る。

低く、それでいて、心地が良い。

どうしたらこのような元気で腹の底に響く声が出せるものか。

道端で鍛えられた江戸前の元気な啖呵である。

「――そういうクソみてえな見栄を抱えた連中は、わからねえことを、わからねえって素直に聞けねえ。今からおいらが話すのは、そういう話だ。まあ、聞いておくんなさい。おいらは、この東両国からすぐの、本所の裏長屋に住んでいるモンだが、その近くに、源（みなもとの）義家（よしいえ）公の時代（じでえ）からある『清光寺』てえ古い寺があるんだ。ここの寺の坊主は、そうだな、年のころは六十前後、つるりと剃（そ）り上げた頭にも皺（しわ）が撚（よ）った、枯れ木のようなジジイだが、おいらの顔を見るたびに、ちゃんとやっておるか、仕事はしておるのか、妹孝行はしているかと口うるさく説教しやがる。こいつは確かに坊主だけに物知りだが、それだけにいつも知ったかぶりをしてやがるのさ」

　つるつると流れるように出てくる言葉に、さらに数人の町人が足を止める。

　ここで代助、話の速さを、急にゆっくりと、わかりやすく落ち着かせる。

「ある日のこった――」

　と、大きく息を吸う。

「この坊主、体を壊して医者を呼んだ。やがて、医者がやってくる。すると医者は、さんざん坊主の体を診た後、こう聞いた――てんしきはありますか、と」

　代助はここで大声を出す。

　すばらしい抑揚である。

「てんしきてえのはね、みなさん、屁のことですよ。中国のありがたい昔の言葉だぞうです。ところがこの坊主、てんしきがなにかわからない。だが、ふだん自分は物知りだと威張っている手前、その言葉はわからないって言えねえ。そこで、知ったかぶりして、こう言った。はあ、最近、ありませんでね、と」

名調子に、さらに多くのひとが足を止めて代助のところに近づいてくる。

小太郎は、唖然（あぜん）とした。

代助が話していたのは、明らかに〈転失気〉だった。

あの日墨堤で小太郎がへい馬のアニさんに教えてもらいながら必死で稽古していたのを、代助は横で釣りをしながら聞いていた。

そこで覚えたのに違いなかった。

（なんということ）

代助の〈転失気〉は、もう、形も順番もない。むちゃくちゃだった。

それなのに、客は足を止める。

みな、その声と調子に惹（ひ）かれて、代助のもとに集まってくる。

「医者が帰った後、和尚は、小坊主の珍念を呼んで、こう聞いた。おまえ、てんしきが何かわかるかい、と。珍念は当然わからない。そこで和尚にこう聞いた。和尚さん、わかりません。そのてんしきってえのは、いってぇ何ですかと。と、和尚はここでも知ったかぶりさ。ふうむ。そうか、やはりわからないか。もちろん、わたしがここで教えてやることはできる。だが、それじゃァ、おまえの修業にならぬな。自分で調べてきなさい。これはわたしからのお題だよ――」

　客はみなにやにやと笑いながら聞いてくる。

　代助は、流儀や噺の作法など、すべて蹴っ飛ばして喋っている。

　それなのに、ちゃんと客は聞いてくれている。

「ちょっと待ってくだされ。あなたのてんしきは、桐の箱にしまっていると?」

　代助がよく通る声でそう叫ぶと、路上の客は、どっと笑う。

　代助はおどけた顔で、その笑いが静まるのを待っている。そのちょっとした間に、お捻りがぽんぽんと飛んだ。

　やがて、サゲである。

「――へえ。おなら時代から、へいあん時代からって申します」

　立ち止まって聞いていた客から、わっと喝采。

　急ぎのひとでも立ち去る前に銭を渡すのを忘れなかった。

　満足したよ、という意味だった。

「ありがとうごぜえます。ありがとうごぜえます」

代助は、そのままかがんで、投げられた一文銭やら四文銭やらを拾い集めた。その姿は、まるで物乞い(ものごい)のようでみすぼらしかったが、その背中は、妙に自信に満ちていた。

そして、手伝いもせず、茫然と見ている小太郎に、腹立たしげに言った。

「見たか」

「う」

「いいか、小太郎。てめえ、おいらと同じ櫻長屋の出だろうが。そもそもが貧乏人。捨てるものはないはずさ。師匠だか、兄弟子だか、どんなに立派な奴らなのか知らねえが、偉い奴に教わった通り、寸分たがわず上品にやろうとなんざ、するンじゃねえよ！」

「――――」

「おいらたちにとって、いちばん大事なことはなんだ？　ご見物の足を無理やりにでも止めさせて、おあしをいただくことだ。違うかい？　仙遊亭の師匠の流儀？　有楽亭(ゆうらくてぃ)？　喜久亭？　林屋？　三遊亭？　なんだそりゃ。知ったことか？　おまえ、上手にやりてえとか、格好よくやりてえとか、偉い奴らに認められてえとか、いろいろ余計なこと考えてるんだろ。眠いぜ、この野郎」

「あ――」

「上手い、下手、で落ち込んでいる余裕があるのは、恵まれた連中だけだ。おいらたちみてえな貧乏人には、そんな余裕はねえのさ。頭の中で出来上がっている立派な芸なんぞ、一文にもならねえんだぜ。だったら、ダメだろうが、下手だろうが、客前で笑ってケツでも出して、一文でも多く稼ぎやがれ」

「――」

「いいか、てめえ、この前お淳に、心配いらないよ、おいらが落語で笑わせてやる、って言いやがったな。――ならば、くだらねえことで落ち込んで暗い顔なんざ見せるンじゃねえよ。カラ元気でも、嘘笑いでもドカンと浮かべて、頼りにしてくれる女を安心させろ。一文でも二文でも稼いできて女にメシを食わせろ。男の価値は、そっちだろうよ。格好つけることよりもずっと、中身のほうが大事なんだ。てめえの心にあれこれ言い訳して、暗い顔を見せている野郎なんざ男じゃねえよ。バカ野郎」

　そう言うと、両国の土の上にはいつくばって銭をすべて拾って、意気揚々と東の方向――つまり、櫻長屋の方向に歩いて行った。

　小太郎はそこに残される。

茫然と、両国の東詰めに座っていると、やがて空に暗い雲が広がり、ぽつぽつと雨が降り出す。

小太郎はその雨に黙って濡れていた。

みじめな、気分だった。

◇

翌日、小太郎は、下谷の広小路にあった『山下亭（やましたてい）』という寄席の楽屋仕事に出ていた。

師匠の計らいで、鳥越の家には通いになって以来、家の下働きは基本的に兄弟子のへい馬の担当になっていたが、できることはやらねばならない。

江戸府中の寄席は公儀（こうぎ）の改革でかなり取り潰（つぶ）されていたが、それでも、下町を中心に十、二十は残っている。

この席の主任（トリ）は師匠で、主任だということは、その割金（ワリ）の計算は師匠の弟子の仕事だった。人手が必要なのである。

そんな楽屋の一角で、

「えっ」

話している師匠の会話を耳にして、思わず小太郎は声を上げた。

「し、死んだのですか」

「な、なんでえ、いきなり、お前」

わいわいと噂話をしていた師匠は思わず酢を呑んだような顔をした。

まるっと禿げ頭の小太りの男で、神明町の師匠と呼ばれている中年男だった。

「あ、あいすみません」

「どこのもんだ。仙遊亭のジャリか？」

「へ、へえ。仙遊亭の小太郎といいます。いえ、身内に今、洋医に診てもらっている病人がいるもんで、びっくりしちゃって」

「おお、そうかい。そりゃあ、気の毒だな」

その師匠は茶を呑んで、

「いや、おいらも詳しく知らねえんだ。ただ、ここに来る途中、日本橋でカワラ版が売られていてな。さんざんこの話が面白おかしく書いてあった。洋医は今じゃ江戸ではご禁制だからな。みんな興味があるのさ――。だが、あんなカワラ版なんざ、いい加減なものだからな。気にするな」

「詳しく教えてください」

「い、いや。おいらだってよくわからねえよ、ただ——華岡青洲は、有名な和歌山の洋医だよな。もう亡くなったてえが、その弟子は千とも二千とも言われて、あちこちにいる。その弟子の一人が、ご禁制の西洋流のしゅじゅつをしようとしてますいを使い、なんでも、大身の武家の娘を、死なせてしまったのだとよ」

「な、なんと」

「噂、だぜ。気にするなよ。お前の身内の話じゃァねえだろ」

小太郎が真っ青な顔になって、汗をどっとかいたことに驚いた師匠は慌てて言った。

小太郎は自分に、

（佐藤泰然先生は、華岡流じゃァない。師匠は足立長雋と高野長英で、ますいは使わない）

と言い聞かせながら、必死で脂汗を拭いた。

それを見て、一緒に働いていたへい馬は、

「小太郎、てめえ、少し休んでおけ。しかたねえなあ、この野郎」

と声をかけてくれた。

その声を聴いて小太郎は、

（いけねえ、いけねえ。こんなことじゃいけねえ）

と首を振って、

「で、大丈夫（でえじょうぶ）です。失礼しました」

と言ってよろよろと立ち上がって裏に水を汲（く）みに出た。

しかし、頭の中には、

（お淳ちゃんが死んだら、どうしよう）

という悪い想像が突き上げるように浮かんできて、どうしようもない。

（佐藤泰然先生は、必ず治ると言ってくれた。同じ病を長崎で何度も治したことがあると。だが、違う流派だとはいえ、同じ洋医だ。万が一がないとは言えまい）

代助とお淳に洋医を紹介したのは自分だ。

万が一のことがあれば、取り返しがつかない。

それに。

今や小太郎にとってお淳は、特別な存在だ。

動揺した小太郎は、がたり、と階段を踏み抜き、がたたたたと下まで落ちたかと思ったら、立ち上がろうとしてひっくり返り、今度は頭を敷居にぶつける。

「うるさいぞ！」

高座の師匠から叱りの声が聞こえ、続いて、客席からどっと笑い声が沸いた。

ああ、どうしようもない。

自分が嫌になる。

小太郎は、頭を抱えた。

◇

いったん、師匠が寄席の主任（トリ）に入ると、仕事は数日続く。

興行が終わった日には木戸銭を全部集めて師匠に報告し、おかみさんもいる目の前で、ワリの表を作って、銭（ゼニ）を割っていく。

「神明町の師匠にそれじゃァ、外聞（そとぎき）がわりいや。持ち出しで一両足せ」

「そいつはまだ二つ目だから、もう少し安くていいや」

そんな指示を受けながらすべて木戸銭を割ると、ひとつひとつを懐紙に包んで封をして名前を書き、それぞれの噺家の元まで届ける。

師匠がどこかの高座にいるとわかっていれば、その寄席の楽屋に行って渡せばよいが、わからなければ、噺家の家まで行って渡さねばならない。

例えば、矢来町の師匠の家まで行って、

「昨日のワリでございます。この度は、まことにありがとうございました」

と頭を下げて渡して、受け取りをもらってくるのである。

師匠の主任が入ると弟子はこれに総出でかかり、江戸中を走り回って役目を果たさねばならない。この仕事を終えるのに二、三日かかるのだ。

小太郎がやっと仕事を終えて、櫻長屋まで戻ったのは、楽日（最終日）から数えて三日目の夜だった。

疲れ果てて長屋に帰り、どぶ板を鳴らさないようにそっといつもの空き店に入って、暗い火取り皿に灯をともし、ほっとしたのは、夜の四つ（夜十時）にもなろうとしている頃だった。

（疲れたな――でも、自分の噺の稽古もまったくやってない。少しはさらっておかなくちゃ……）

そんなふうに思いながら、のろのろと布団を敷き、水がめの水を茶碗に注いで、口を湿らせながら思案していたとき、ほと、ほと、と長屋のぼろ戸が叩かれた。

小太郎は驚いた。

こんな夜中に、自分のぼろ部屋の戸を叩く人がいるとは。

注意深く——。

「誰だい？」

と低く聞く。

「あたし」

「え？」

「あたしです」

それは確かに、お淳の声だったのである。

小太郎は、慌てて戸を開けた。

お淳は、するりと部屋に入ってきて、にこりと笑う。

「小太郎ちゃん、おかえりなさい」

「た、ただいま。——こんな時間に、大丈夫かい？　代ちゃんは？」

「大丈夫、安酒（しもん）を飲んで寝ちゃっているわ」

「体調は？」

「——うん。決して良くはないけど、大丈夫」

そう力なく笑って、布団をあげた四畳半の真ん中にちょこんと座ると、お淳は随分
と肩が細く、痩せて見えた。

お淳は、小太郎を、下から覗き込むようにした。

「小太郎ちゃんこそ、大丈夫？」

小太郎にはその瞳が、薄暗い灯の中にきらきらと光って見えて、どぎまぎした。

「な、なにを言うのさ。おいらは元気だよ」

「あたし、小太郎ちゃんを困らせている？」

「え？」

「小太郎ちゃんは、噺家さんの修業に出て三年になる。だから、落語を聞かせてくれるぐらい簡単なことだと思っていたの。だから、この前、小太郎ちゃんが『噺を聞かせて笑わせてやる』って言った時、『楽しみにしている』って言っちゃったの。ごめんなさい」

「なにを言うのさ」

小太郎は言った。

「これは、おいらの問題だよ！」

そして、闇の中に浮かぶお淳の顔をじっと見た。

途端に、自分がとてつもなく情けなく思えた。

いったい、おいらはなんなんだ。

だって、そうだろう？

目の前の娘は、病気でつらいのだ。

その娘が、

「落語を楽しみにしている」

と言ってくれた。

それぐらい、なんでもないじゃないか。

「お淳ちゃんは何も悪くないだろ？」

怒ったような言い方になってしまった。

しまった、と思った。

だが、お淳は顔色を変えずに、目の前に座っている。

沈黙が、部屋を包んだ。

やがて、小太郎は言った。

「ごめん」

「なんで謝るの？」

「ああ、おいらが代ちゃんのような男なら」

「お兄ちゃんの？」

「そうさ」
小太郎は、顔を上げた。
「きっと、お淳ちゃんにこんな心配はかけないさ。おいらがだらしないから、こんな
心配をかける」
「何を言うの」
「わかるかい？――代ちゃんにはきっと、噺の才がある。代ちゃんは、両国広小路
の辻に立って、あれだけの客を集めることができる。それに、この前、三年ぶりに代
ちゃんに再会して師匠に会ったとき、師匠はこう言ったんだ。『随分口が回る野郎だ
な。小太郎の野郎よりも見込みがあるぜ。おいらのところに弟子に入るかい』って
ね。これは、凄いことなんだよ。師匠が自ら弟子にしようと声をかけるなんざ、滅多
にないんだから。それは、代ちゃんには才があるってこった」
「――」
「それに比べて、おいらは……」
「そんなこと――」
「昔ッから、ガキ大将の代ちゃんの使いっぱしりだったじゃないか」
「そんなこと、ないよ」

「そうさ。そんな自分が嫌でこの長屋を出て行って三年になる。三年だよ。なのに、噺のひとつも満足にできず、埒も明かない前座噺を教えてもらっている――それだって、うまく話せない」

小太郎は思わず、心のうちを吐き出してしまった。

吐き出しながら、違う、違う、こんなことを言いたいわけじゃない、と思ったが止められなかった。

自分が歯がゆい。

代助はお淳を守ろうとしているのに、自分はその横にいて、余計なことばかり。お淳本人には心配と迷惑ばかりをかけている。

「………」

お淳は、小太郎の言葉に黙ってうつむく。

しかし、やがてお淳は、顔を上げて、弱々しい、だがはっきりとした声で言った。

「――違う」

「え？」

「あたしは、小太郎ちゃんに、お兄ちゃんのようになってほしいわけじゃない」

その言葉に、小太郎が思わず顔を上げる。

薄暗い闇の中に、青白いお淳の顔があり、その顔は真剣だった。

「聞かせて」

「何を？」

「その噺を」

「ちょ、ちょっと待って」

小太郎は言った。

「まだ全然できてないんだ。お淳ちゃんに聞かせるような立派な噺なんかじゃない。おならの噺なんだ」

「おならがなによ。おならぐらい、あたしだってするわ」

「お淳ちゃん」

「小太郎ちゃん。あたしは、もうすぐ死ぬかもしれない」

「何を言うのさ」

「ううん。わかっている。もう、弱気なことは言わないようにしたい。でも——やっぱり万が一のことがあるかもって思うの」

「そんな」

「だって、このお腹に、刃物をあてて、悪くなった臓物(きも)を取るというのよ。しかも先生は、ますいを使わない。サムライでもないあたしが、その痛みに耐えられると思う？　間違って、洋医のしゅじゅつで病人が死んだという話もよく聞く。あたしはもともと、体力がない。本当に、大丈夫だと思う？」

「う」

小太郎は言葉に詰まった。

「でも、いいの。お兄ちゃんが、小太郎ちゃんが、長屋のみんなが、頑張って生きろと言う。仙遊亭のお師匠が、佐藤泰然先生が、大丈夫だよと言ってくれる。嬉しいわ。こんなことを言ってもらえるひとが、どれほどいる？　だから、いいの。精一杯、最後まで頑張れれば、ちゃんと生きたことになるでしょう？　だから、いいの」

「そ、そんなこと、言わないでおくれよ」

「小太郎ちゃん」

「なに？」

「覚えている？　子供の頃、親がいない夜。お兄ちゃんが隣町の喧嘩に出かけてしまって、この櫻長屋にふたりきり残されて。だんだん天気が悪くなって嵐がやってきて。あの夜小太郎ちゃんは、そのへんの道端で拾ってきた紙切れの絵を使って、行灯（あんどん）のあかりの中で物語をしてくれたわ。あたしはそれを夢中になって聞いた。そのときだけは、親が頼りにならない情けなさも、お兄ちゃんが喧嘩に行ってしまった不安も、忘れることができた。小太郎ちゃんが話してくれるおとぎ話が、幼いあたしのあかりだったのよ」

「お淳ちゃん」

「あたし、小太郎ちゃんの声、好きよ」

「あ」

「誰かと自分を、比べないで。あの頃を思い出して。おならの噺だって、かまわない。幼い頃に話してくれたものに、そんな噺だってあったじゃない」

その声に、小太郎は顔を上げた。

「――待って」

小太郎は狭い四畳半に散乱しているお盆や皿を片付け、破れ行灯にあかりをつけて、お淳を正面に座らせた。

座布団を一度、戸の外でばたばたと叩いて、きちんと奥に据え、

「では」

と言う。

「いいかい？」

「うん」

小太郎は背筋を伸ばして部屋を進み、お淳の前の座布団に、背筋を伸ばして座り、扇子を目の前にきちんと置いて、頭を下げた。

扇子を目の前に置くことには意味がある。

扇子の向こうは『客』の世界。

扇子のこちらは『芸人』の世界だ。

俗界に生きる客に、物語の世界に生きる話し手が、異界の話を特別な技術を使って語って聞かせるのだ。

それがたとえ、屁の噺だったとしても。

「世の中には、知ったかぶりの奴らというものは、いるものでございまして――」

小太郎は話し始めた。

真っ暗な夜中の長屋。

ときどき、風が吹き、安普請(やすぶしん)の戸ががたがた鳴った。

遠くで野良犬の声。

だが、小太郎は淡々と噺を続けた。

目の前では、お淳が、じっと小太郎の噺を聞いている。

（ああ――）

小太郎は思った。

（あのときと、同じだ）

それは、幼い時と同じだった。

あの嵐の夜。

小太郎が即興で作る、いい加減な子供っぽい話を、真剣な表情で聞いていた幼いお淳。

いつの間に、おいらは、余計なことばかりを考えるようになったのだろう。

考えなくてもいいことばかりを考えて、自分を責めるようになったのだろう。

噺は進んでいく。

「――屁、ですか？　あの、屁？」

「ああ、そうじゃよ。転失気、とは、中国の古い医書『傷寒論（しょうかんろん）』にある『気を転（まろ）め失うこと』つまり、屁のことだ――」

そこで、お淳は、くすり、と笑った。

上品な噺などではなく、おならの噺で笑っているお淳が、とてもいとおしく思えた。

サゲをおえ、扇子の前に両手をそろえ、きちり、と頭を下げた。

お淳は、小さく手を叩きながら言った。

「――面白かった」

「無理しなくてもいい。悪いところは、自分でわかっている」

「悪いところだけ？」

「え？」

小太郎は顔を上げた。

「いいところはわかっていないの？」

「あ」

「小太郎ちゃんは、素人じゃないでしょう？　素人みたいに、月謝を払って習いに行って、お師匠さんが決めた流儀の免許を目指すわけじゃない。なら悪いところなんて気にしたって、しかたがないじゃない」

「お淳ちゃん」

「玄人は、上手なことよりも、お客様の前に出て、そのお客様においしをいただくことのほうが重要なのでしょう」

「――あ、ああ」

「じゃァ、悪いところよりも、いいところのほうが、ずっと大事——。あたしのような素人は、噺家さんの『いいところ』を見たくて寄席に見に行くんだから」

「あ」

「いいところがあれば、欠点なんて、あったほうがいい。つっこみどころもない完璧な噺なんて、聞いていて疲れるだけだもの。それに、お兄ちゃんのように、大声で無理やり聞かせる噺も、あたしはいいとは思わない。あたしのような病人は、どこか、疲れちゃうの。そんなご見物もいるでしょう？　違う？」

「——ち、違わないよ」

「あたしはやっぱり、小太郎ちゃんの優しい噺が好き」

「あ」

「不器用でも、一生懸命頑張って、努力して、欠点だらけで——でも、そういうものに励まされる人もいるのよ。あたしは、精一杯が好きなの。一生懸命で、いつも精一杯の小太郎ちゃんが好きなの」

そう言うと、お淳は笑って、

「小太郎ちゃんは、小太郎ちゃんのままでいて」

と言って、立ち上がる。

「もう、これで大丈夫。落語を聞かせてもらう約束は、守ってもらったから。あたし、ちゃんとしゅじゅつに臨めるよ」

「お淳ちゃん」

「おやすみなさい」

そう言ってお淳が立ち去った四畳半のその場所を、小太郎はじっと見ている。

じりりり、と行灯の灯心が、燃える音がした。

第五席　寿限無

神田岩本町の寄席の楽屋口で、小太郎は師匠の噺を聞いていた。

師匠の今日の演目は〈浜野矩随〉である。

元は講談の人気演目で、最近では落語にして高座で演じられることも多い。

寛政時代の腰元彫りの名工矩随の一代記で、ものづくりの厳しさと喜びを描く名作だった。不器用でダメな職人の矩随が、がけっぷちに追い込まれ、母親の死を覚悟した励ましに背中を押され、最後の作品作りに命を懸ける。

仙遊亭さん馬は、この人気の物語を、情感たっぷりに、胸に迫る熱演を見せる。

ダメな男が、寝食を忘れて、必死で最後のものづくりに励むさまは、見るものを惹きこまずにおかない。

（ああ――）

小太郎はため息をついた。

冒頭の、主人公の矩随のダメさ加減が素晴らしい。

そして、そのダメな職人が、必死でものづくりにすがる場面の苦しさと切なさ。

（いつか、このような噺ができれば）

もとは講談だけに、笑うような場面は少なく、ただ重厚に聞かせる噺だ。

だが、それだけにひとびとの胸を打つ。

師匠も滅多にかけなかった。

師匠の売りは、江戸前の洒脱であり、あまり深刻なものは好まない。

今日はなにか気持ちの違いがあったものか。

やがて師匠が高座を終え、楽屋に降りてくると、小太郎はすぐに師匠に羽織をかけて、お茶を出した。

師匠は高揚を抑えるようにお茶を飲み、一息をつくと、小太郎の顔を見て、

「どうなった」

と聞いた。

「お前の女だよ」

「師匠、お淳ちゃんは、単なる幼馴染で――」

「また何言ってやがるんだ、いい加減にしろ、てめえ」

仙遊亭さん馬は決めつけるように言って、莨に火をつけた。

「ともかく、弟子のてめえが今、守りてえって思っている女だろうが。そうじゃなけりゃァ、何でこの仙遊亭がカネを出すんだ」

「へ――」

小太郎は、一言もない。

その通りである。

相手の気持ちはどうあれ、その通りなのだ。

「その、しゅじゅつとやらは、いつになったんだ」

「七日後で――」

「なんと、もうそんなか。以前言っていたよりも早かァねえか？」

「へえ。なんでも佐藤先生のお弟子さんたちが、下総佐倉から早めに着いたそうで。もう十人ほどです」

「そんなに」

「へえ。なんでも、しゅじゅつの助手は五人で足りるそうなのですが、せっかくだから弟子たちの勉強にみんなで見学するのだそうです」

「ふうむ」

師匠は莨を吸いながら、

「なるほど。なんでえ。なンか、気に食わねえな」

「は？」

「てめえの大事な娘のしゅじゅつを、そんな見世物みてえに扱うたあ、気に食わねえ」

「いえ、師匠。佐藤先生はきちんと万全の準備を」

「まァ、そうだろうよ。それにしたってな。周囲を、知らねえ男どもに囲まれて、服を剥がれたうえに、腹を切られるたあ、そのお淳ちゃんとやらも可哀そうだ。てめえがちゃんと、付いていてやるんだぜ」

「へ、へえ」

小太郎は頭を下げた。

◇

実は同じことを、代助にも言われていた。

最初、小太郎は、手術の場に行くのは遠慮すべきだと思っていた。

小太郎は所詮、他人である。

そんな大事な場所に素人がいたんじゃ迷惑になる。

そういう小太郎に代助は、吐き捨てるように言った。

「てめえ、てめえは他人じゃねえ――。違うのか」

「うん。でも……」

「いいからてめえは傍にいろ」

「あ、ああ」

小太郎は、生返事をしておいて、聞く。

「代ちゃん――オヤジ殿には連絡はとれないのかい？」

「ああ」

代助は吐き捨てるように言う。

「どこに行ったのか、わからねえ。まったくろくでもねえオヤジだぜ。てめえの娘が生きるか死ぬかというときなのに。賭場から賭場へ動いて、きっとどこかで呑んだくれているか、くたばってるのだろうよ」

「そうか」

「いいか、小太郎。くだらねえ大人どもなんざ気にするな。おいらたちは、おいらたちで生きていくんだ。違うか」

「そうさ。そうだね」

「てめえとおいらは家族。だから、お淳の近くにいろ」

こうして、小太郎は、お淳に寄り添うことになった。

手術の当日――佐藤泰然は、『和田塾』のほうで辻駕籠を仕立てて、櫻長屋に送ってきた。脇には立派な髷を結って、大小の刀を差した士分の青年が寄り添っている。

見栄えのいい、立派な青年だった。

「佐藤泰然次男、幕府小普請役松本家御抱え、良順にございます」

青年は堂々と名乗った。

見るからに、代助や小太郎とは違う世界に生きる男だった。

お淳は、粗末だが清潔な小袖に身を包んで、長屋のみんなに見送られ、木戸脇から駕籠に乗る。

駕籠の脇に立つ小太郎に、お淳は、柔らかい微笑みを浮かべた。

「大丈夫だよ」

「うん」

駕籠は、お淳に配慮してゆっくりと歩み、両国橋を渡る。

小太郎と代助は、その駕籠の両側を守るように歩いた。

やがて、駕籠は橋のたもとを左に折れて、薬研堀の屋敷のうち『和田塾』の奥座敷に入った。

佐藤泰然は、患者を連れてきた息子の顔を見ると満足げに頷き、

「うむ。良順、道中どうであったか」

と聞く。

良順は、

「はい。患者様は、顔色もよく、気持ちも落ち着いたご様子。朝から水しか呑ませておりません。熱も脈も平常。問題ありません」

と胸を張って報告した。

「よろしい。では、予定通り、一刻（約二時間）後にしゅじゅつを開始しよう」

佐藤泰然は、落ち着いた声でそう言うと、

「代助殿。術後はこの屋敷の奥の離れをとってあるゆえ、ここでひと月ほど静養して

いただくこととなる。この前話した通りだな。これはご承知で」

「もちろんだ。その離れには、おいらと、ここにいる小太郎が出入りすることになる。そこは周知しておいてくれ。小太郎は、おいらの家族と同然と扱ってもらおう」

「うむ。承知いたした」

お淳は、佐藤泰然と良順に連れられ、奥の間に入った。

「良順、みなと準備をしておいてくれ」

泰然はそう言い、お淳と、代助、小太郎の前に座って、にこにこと言った。

「お淳さん。よくぞ決心された。必ず完治するゆえ、心配なきようにすべて拙医(せつい)にお任せありたい」

そう言いながら、お淳の脈をとり、

「うむ。力強い脈だ。これは若さゆえだな」

と言った。

「わしは、あなたよりも、ずっと年を召(め)した患者のしゅじゅつもしてきた。しゅじゅつはなんといっても、患者の体力が肝(きも)。あなたはまだまだ若い。大丈夫。大丈夫ですよ」

と言った。

「しゅじゅつは、西洋時計で十分——本邦の時計で、四半刻（約三十分）の半分もかからぬ。わたしは小塚原の刑場に通って女受刑者の腑分けを何度も行なって稽古をしており、取るべき臓物の場所は目をつぶっていてもわかる。ともかく手早く切って、悪性の臓物を取り出し、すぐに縫う。時間は短いほどよいのだ。あっという間に終わります。だが、その間、あなたには耐えてもらわねばならない。気を失いそうになったら、構わぬ、そのまま気絶しなさい。きちんとあとは我らで面倒を見る」

「——はい」

小さな声で、お淳は言った。

「あの」

「何かな？」

「兄と、この小太郎さんは？」

「む？」

「兄と、小太郎さんは、どこにいるのでしょうか」

「しゅじゅつをするのは、別の間だ。この控えの間で待っていていただくこととなる」

「わたしの手を、握ってもらうことはできませんでしょうか」

「――不安なのです」

そのお淳の顔を見て、佐藤泰然は、言った。

「ふうむ。お嬢さん……こういってはなんだが、お勧(すす)めはしないな」

「なぜですか」

「いいいい、しゅじゅつの場は、修羅場になる。われら医師は仕事ゆえ、どんなことにも耐えられる。だが、ふつうの町人に、それが耐えられるか」

「――」

「あなたもまた耐えられないかもしれぬ。常人ではいられないかもしれない。その姿を、お見せして大丈夫かな？」

その言葉に、思わずお淳は下を向いた。

そうか。

腹を切るのである。

血が出るであろうし、失神するかもしれぬ。

お淳は、黙った。

その目に涙が浮かんでいる。

　それを見て、小太郎は叫ぶように言った。

「――大丈夫です。おいらが、お淳ちゃんの手を握ります」

「む」

「何があっても、大丈夫です」

「わたしは、ますいは使わない。欧羅巴(ようろっぱ)においてもまだ安全な技術が確立されていないものを、華岡さんのように日本古来の毒を薄めて使って神経をしびれさせるという冒険的な方法を使うのは反対なのだ。危険すぎる。ゆえに、わたしの手術のときには、患者が暴れぬよう、四肢(しし)を縛り付けたうえ、弟子にしっかりと押さえさせる。患者様には申し訳ないが、舌を噛(か)み切らぬように猿轡(さるぐつわ)もかませていただく。わかりますかな。わたしのしゅじゅつは、華岡流よりも安全――その自信はあるが、そのぶん、患者様にとっては苦痛となる。そこで素人のあなたが、あわてて手を離すようなことがあっては、困るのだ」

「わかりました。おいらは、お淳ちゃんが暴れても、ちゃんと押さえつけます。どんなことがあっても、手を離したりしません」

「あなたは――」

「おいらは、お淳ちゃんと、一緒になる男だ」

「えっ！」

お淳が驚いたように顔を上げた。

「おいらは、このお淳ちゃんと一緒に年を取る。元気になって、笑って生きていく。年を取ったら、遠くの町を旅して、俳句を詠(よ)むのです――。おいらがずっと守ります。こいつァ、もう、決めたことなんだ！」

代助が、目を瞠(みひら)いて小太郎を見ている。

お淳の目にたまっていた涙が、ぽろり、ぽろり、と落ちていく。

その水の球は、本当にガラス玉のように丸く、白く清らかな布団の敷布の上に転がっている。

構うものか――小太郎は、続けた。

「だから、どんなことになっても大丈夫です」

佐藤泰然は、それを聞いて、しばらく小太郎の顔を睨(にら)んでいたが、やがて、ため息をついて、

「わかりました」

と言った。

「だが、本来、しゅじゅつ室に素人は邪魔だ。寄り添うのはあなた様のみにしてもら

う。代助どの、あなたはこの控えに」

「は、はい」

「今から、お淳さんにはお風呂に入っていただき、着替えていただきます。あなたも井戸端で体を洗って、消毒液を使った上に着替えていただきます」

「は」

「では、お淳さんは、息子に従ってもらいましょう――。良順！」

佐藤泰然の声に、すぐに良順がふすまをあけて頭を下げる。

「お淳さんに風呂と、消毒と着替えを。それから、こちらさまに、患者の右手を握っていただく」

「はい、わかりました」

「今日はともかく手早くやるぞ。西洋時計で十分と言ったが、できれば七分以内で済ませたい」

「承知いたしました。弟子どももすべて準備ができております」

佐藤良順はそういって頭を下げた。

◇

その部屋は、一面に清潔な白い布が張り巡らされ、真ん中に薄い布団があった。
清潔な盥（たらい）に清水。
火鉢には薬缶（やかん）がかけられ、盛んにお湯を沸かしている。
そして手前の文机の上に、見たこともない形の刃物がたくさん並んでいた。
刀でもない。
包丁でもない。
こんなもので、お淳の腹を切ろうというのか。
やがて、背の高い佐藤良順に付き添われたお淳が、真っ白な着物を着て現われた。
その姿を見て、小太郎はむっとした。
（なぜ、こんな格好をさせるのだ。死装束（しにしょうぞく）のようではないか）
だが、佐藤泰然も、助手の医師たちもみな白の着衣である。
そして全員、白い覆面（ふくめん）で鼻から口を隠している。
小太郎の不審の目つきが気になったのか、良順が優しげに言う。

「小太郎さん。この着物は、異物がすぐにわかるように、清潔であることが目視できるようにするもので、西洋の理にかなっているのです」

「む」

小太郎は唸るようにして、頷いた。

代助は控室に残されている。何か不審があれば、異議の声を上げるのは自分しかいない――。小太郎は緊張していた。

正面に座った佐藤泰然は、にこにこと優しげに言う。

「すぐ終わりますよ」

と周囲を見回し、

「皆の者。わたしの手際をしっかり見ておくように。伊東と良順はすでにしゅじゅつの経験があるが、他の者は初めてであったな。わたしは、将来創るべき我が医局『順天堂』において、この西洋式のしゅじゅつを看板にするつもりだ」

と言って、お淳を促した。

お淳は布団の真ん中に座って、小太郎のほうを見た。

顔が真っ青だった。

それはそうだろう。

これだけの男どもに囲まれて、そこに並んでいる刃物で今から体を刻まれようとしているのだ。

お淳はしょんぼりと下を向くと、

「ね。小太郎ちゃん」

と弱々しく言った。

「なんだい？」

「なんか、話して」

「何か？」

「——小太郎ちゃんの声を聞いていたいの。だけど、お念仏やお題目は嫌。まるで死ぬみたいじゃない。だから、だから」

小太郎は思わず、佐藤泰然と、背の高い良順の親子を見た。

ふたりは、うん、と頷く。

「わかった！」

小太郎は言った。

「じゃァ、寿限無(じゅげむ)だ」

「寿限無——」

「寿、限り無し。ずっと生き続けるって意味さ」

「ありがとう」

お淳はそう言って、布団に横になった。

「ごめんね、わがまま言って」

「何を言ってるんだ。心配するな。すぐ元気になって、一緒にまた笑うのさ」

「うん、うん――」

口に、猿轡のように手ぬぐいを丸めたものを嚙ませられる。

「大丈夫。手を離さないからね」

佐藤泰然の弟子たちが、それぞれの手足をひもで縛って、押さえにかかった。

小太郎は、そこで右手をぎゅっと握って座った。

するとお淳は顔を小太郎のほうに向けて、不安そうに微笑んだ。

「――えー」

小太郎は言った。

理想通りの『えー』だった。

小太郎の心に、ふと自信が浮かんだ。

稽古は、必ず形になる。

おいらは、素人じゃァない。

小太郎は淡々と続ける。

「子は宝、などと申しますが、子供というのは本当に可愛いものでございますね。それだけに、つける名前というもの、これに親は頭を悩ませます。少しでも縁起のいい名前をつけてあげたい。それが人情というものでございますな」

小太郎が語り出すのを、医師も弟子たちも聞きながら、てきぱきと周囲を動き回っている。

銅仕立ての大きな薬缶に布巾を入れてぎゅっぎゅっと絞って湿布を作る者。

熱湯で刃物や、縫い針を消毒している者。

清潔な布巾を持って、佐藤泰然にいつでも渡せるように身構える者。

「本所の奥の、林町てぇちんけな町に、櫻長屋てえぼろぼろの長屋があったんですがね、ここに住む熊さん、生まれた子供につける名前に悩んで、お七夜を迎えたてえのに、どうしても名前が決まらない。ああでもねえ、こうでもねえと悩んで、見るに見かねた長屋のみんなが、裏の和尚さんに相談に行くように言った」

やがて、お淳の着物の前の裾がひらかれ、真っ白な下腹部があらわになった。

佐藤泰然は頷くと、小さな刃物を右手に持って、左手で慎重に下腹部を触って、切る場所を探している。

お淳は、なされるがまま、じっと小太郎の目を見ている。

「――和尚さん、和尚さん、おいらの子供の名前を考えてくれねえか。そうさなあ。長生きできそうな縁起のいい名前がいいなあ。

――ふうむ。子供の名前か。なに、縁起のいい名前がいいか。それは道理だな。ふうむ。では、亀吉(かめきち)ではどうだ？　鶴吉(つるきち)もいい。亀は万年、鶴は千年、というからのう。

――なんでえ和尚さん。なんだかパッとしねえ名前だなあ。鶴吉も亀吉もよくある名前じゃあねえか。もっとなんか、特別な名前はねえのかい？」

小太郎が右手をぎゅっと握って話を続けると、猿轡を嚙んだお淳は、涙をぽろぽろと流しながら、うん、うん、と頷いて見せた。

「――ふうむ。では、寿限無、ではどうだ。経文(きょうもん)の中にある文句でな、寿限り無し、つまり命が尽きないという意味だ。

――ほう。いいなあ。そりゃあいい名前(なめえ)だよ、和尚さん。

――ほかにも、五劫(ごこう)の擦り切れ、なんてものもあるな。一劫というのは三千年に一度、天神様が俗界にくだって擦(さす)る岩が、擦り切れてなくなってしまう時間をいうのだ。これが五劫というから、何万年、何億年かかるかわからぬ。
――こりゃまたいいですね」
すると突然、お淳が、うっ、と白目をむいて、体をびくりとのけぞらせた。
弟子たちが、一気に体を押さえにかかる。
佐藤泰然の刃物の切っ先が、お淳の下腹部を刺したのだ。
今から西洋時計で十分――いや、佐藤は七分と言っていた。
頑張れ。
見ると、佐藤の白衣に、真っ赤な返り血が飛んでいた。
お淳の、血だった。
「うう！　うう」
お淳が、唸り声を上げる。
小太郎から見えるのは佐藤泰然の必死の表情だけで、手元は見えない。
だが、どうやら腹を深く裂(さ)いているようだ。
「うむ。よし。良順、血を吸い取れ。こっちは汗を拭け。おい、はさみを渡せ」
泰然はてきぱきと指示をする。
弟子たちは、表情一つ変えずに刃物を渡し、手ぬぐいを動かし、お湯を拭(ぬぐ)う。

盥に投げ入れられた小さな刃物は、血で真っ赤である。

「ううう！　ううう！」

猿轡のまま、お淳は目をむく。

額（ひたい）という額に、汗があふれてきた。

「患者の汗も拭いてあげるように」

「はい」

弟子の一人が近づき、お淳の額の汗を拭く。

その顔色が、真っ青である。

小太郎は、こんな顔色の人間を、見たことがなかった。

血の気が引く、とはこのような肌の色をさすのか。

みるみる周囲の白い布が赤い血に染まっていく。

佐藤は手を止めぬ。

「うむ――よし」

そしてやがて、

「順調だ。切除するぞ。みなのもの、見ておけ」

と言うが早いか、佐藤泰然は一瞬たりとも手を止めることなく血まみれでお淳の腹に指を突っ込む。

「〜〜〜！」

お淳は、白目をむいている。

小太郎は、泣きそうになりながら、叫ぶように続けた。

約束を守れ。

これは、お淳との約束なんだ。

「ええい！　縁起がいいってンなら、全部名前に付けちまえ！　寿限無寿限無、五劫の擦り切れ、海砂利水魚の水行末、雲来末、風来末、食う寝るところに住むところ、藪らこうじのぶらこうじ、パイポパイポ、パイポのしゅーりんがん、しゅーりんがんのグーリンダイ、グーリンダイのポンポコピーのポンポコナの長久命の長助！」

お淳は、それを聞きながら、ううううと唸って、身体を乱暴に揺する。

すると佐藤泰然は、叫ぶように、

「しっかり患者の体を押さえんか！」

と叱った。

そういう佐藤泰然は血まみれである。

四肢を押さえる弟子たちが必死で力を込める。

「お見事」

弟子たちは、お淳の腹の傷痕を見て感嘆の声を上げる。

「桶の中のものを確認せよ」

「は」

「これは」

「うむ――。水泡が発生しており、肥大しておる。このまま放置すれば、悪化して、必ず患者を死に至らしめたであろう」

「なるほど」

「勉強になりました」

そんな医師たちの姿を、小太郎は、茫然と見ていた。

何が、成功なのだ。

目の前では、お淳が、目をむいて倒れているではないか。

大事なお淳を、まるでモノのように扱いやがって。

これだから洋学の医者は信用されぬのだ――。

怒りに似た感情が、小太郎の心の中に、ぐっと湧き上がってくるのがわかった。

「先生」

小太郎は言った。

「目を覚ましません。お淳ちゃんが、目を覚まさない」

すると佐藤泰然は言った。

「あまりの痛みに気を失っただけだ。今は眠らせておいたほうがよいのだ」

「ひどい」

「何を言うのか——。今のこの江戸では、最良の医療である。このままではこの娘は死ぬところだったのだぞ。甘えたことを言うな」

「お、お淳ちゃん」

小太郎はお淳に近づき、その真っ白な顔に頬を寄せた。唇が恐ろしいほどに青くなっている。

「患者に触れるな——。ここからしばらくが山だ」

「な、なんですと」

「しゅじゅつ自体は、成功した。最短の時間で、患部を切開し、目指す臓器を切除した。だが、なんといっても、ますいなしで腹を切開したのだ。その体への負荷は相当なものだ。おそらく、三日三晩はおびただしい発熱となるだろう。その間に、雑菌に冒(おか)されぬように、塾の離れにてともかく清潔に過ごしていただく。湯を沸かし、額の布巾を替え続ける。わかったな、良順」

「は」

「あとの手配はわかるな」

「もちろんです」

「任せた。この患者は、頑張った。よくやった。よくやったぞ、お淳殿。あと三日、おぬしの生命力が頼り。つらいだろうが、もう少し頑張るのだ」

そう言うと、佐藤泰然は、下腹部を露出させたまま横たわり、目をむいて気を失っているお淳に頭を下げて、前の裾を合わせて隠すとその場を去った。

その間、小太郎は一瞬たりともお淳の手を離さなかった。

その手は、汗でびっしょりだが、お淳の手からは力が抜け、まったく握り返す力は感じられなかった。

◇

離れには清潔な布団が敷かれ、火鉢が四つ、入れられていた。

廊下には冷たい水の入った盥が置かれ、真新しい手ぬぐいが放り込まれている。

奥の密閉されたツボには、西洋酒を蒸留させた消毒液があり、そのにおいが部屋を満たしていた。

お淳は布団に寝かされ、ううう、ううう、と苦しげなうめき声を立てている。

よほどに痛いのだろう。

意識は、朦朧（もうろう）としているようだ。

ただ顔色は、手術直後の鉛（なまり）色からはかなり戻ってきている。

小太郎は、お淳の布団のわきに代助とともに座り、布団から出ているお淳の整った顔を見つめていた。

汗をかいている。

拭いてやらねば。

立ち上がって、それを拭いてやったとき、

「小太郎。ありがとうよ」

と代助が抑えるような声で言った。

「あの良順とかいう息子が言っていたぜ。患部の切開は、西洋時計でわずか七分余りで済んだそうだ。これ以上はないほどうまくいったらしい。小太郎、おまえのおかげだよ」

その言葉を聞いて、小太郎は思った。

（どこが！　どこがおいらのおかげなんだ！）

代助は淡々と続ける。

「おいらは、バカだから、難しいことはわからねえ。だがよ、人間が生きるには、望みってもんが必要だろうがよ。明日ってやつが、きっと今日よりよくなる、明日よりも明後日をよくするんだってえ望みだよ」

「――――」

「お前と再会する前のお淳は、明るくしていても、どこか、明日をあきらめたような表情をすることがあった。ふつうに暮らしても、ふと、もうどうでもいい、という投げやりな表情を浮かべる。おいらが、カネを貯めて医者に診せてやるといくら言っても、どこか他人事（ひとごと）で、上の空でな」

「――――」

「だが、お前が戻って、洋医を紹介してくれて、早く治して旅をして俳句を詠めと言ってくれて。それから、お淳は変わったよ。いや、表面は変わらねえ。いつもどおりだ。だが、どこか心の奥底で、今日より明日、明日より明後日の自分を、少しでも良くしたいてえ気力が、湧いているように見えた」

「――」

「そのうえ、さっき、てめえは嘘でもいいから一生面倒見るって言ってくれた。誤解するなよ。傷物の妹をてめえに背負わせようなんて、思っちゃいねえよ。だけどよ、たとえ、それが本当じゃなかったとしたって、夢を見たっていいじゃァねえか。自分にも、人並みの明日があるかもしれねえってな。それは『望み』なんだ。明日への望みなんだよ。人間にゃァ、そいつが一番大事なんだ。ありがとう。ありがとうよ」

「――」

「今日のしゅじゅつ――。医者から見たら、てえしたことじゃねえのかもしれねえさ。だが、お淳のような普通の町娘からしたらよ、てえへんなことさ。だから、てめえの一言が力になったんだ」

そう言う代助を見ると、感情を抑えた表情の鋭い目の中に、ぐぐっと涙が浮かんでいるのが見えた。

だが、小太郎の瞳は乾いていた。

(違うぜ、代ちゃん。おいらは、何もやってない！　本当に、しゅじゅつのとき、何にもやってねえんだ。バカみてえに、茫然と様子を見ていただけだ。おいらは、何もできなかったんだ！)

怒りに似た、感情だった。

だが、その気持ちをどう伝えたらいいものか。

ちくしょう、ちくしょう、ちくしょう。

小太郎は黙って立ち上がり、お淳の額を拭いた手ぬぐいを盥のうえでぎゅっと絞って、火鉢のふちに置いた。

改めて、元の場所に座って、お淳の横顔を見る。

額にどっと汗が浮かんでいる。

苦しそうだった。

それは、そうだろう。

体に刃物を当てて、一部の臓物を取り去ったのだ。

目の前に横たわっているお淳は、その小さい身体の中で、必死に闘っている。

(おいらは、何をやった?)

手術をしたのは、医師だ。

ここまでの闘病を支えたのは代助だ。

猿轡をはめられる最後、お淳は言った。

「ごめんね、わがまま言って」

なにが、ごめんねだ。

あんなときに、女に謝らせて、何が男だ。

おいらは、本当に、本当にできる限りの力を尽くしたのだろうか。

本当に、本当に、尽くしたのだろうか。

小太郎は、立ち上がった。

「どうした、小太郎」

「代ちゃんは医院の人たちと一緒に、ここにいて、お淳ちゃんの額の汗を拭いてやってくれ。ずっと、ここで、見守ってやってくれ」

そう言って、立ち上がって『和田塾』の離れを飛び出し、夜の薬研堀を北に走った。

◇

もう、その日、夕方も七つ半（午後五時頃）を回っていた。

小太郎は、櫻長屋まで行き、代助の部屋から『墨亭さくら寄席』の幟を取ると、両国の西詰めの広場まで取って返して、使われていない縁台を勝手に集めて、その上に座った。

そして、背筋を伸ばして、夕方の、忙しそうに行きかう人たちの背中を見た。

ふと思った。

（いってえ、おいらは、本気で何か一生懸命やったことがあっただろうか）

一度もないのではないか？

ガキの頃は、貧しい、長屋の育ちだということを言い訳にして。

奉公に出てからは、ガキ大将の代助の陰に隠れて、すべて言い訳にして。

まだ子供だから。

才能がないから。

華がないから。

師匠に禁じられているから。

おかみさんが怒るから。

医者が言うから。

うるせえ。

関係ねえよ。

全部、全部言い訳だよ。

ずっと、いざとなったら、おいらはやれるって、思ってた。

お淳ちゃんが生きるか死ぬかの今こそ、いざってときだろうが。

馬鹿(ばか)野郎。

いざってときは、今だろうが。

結局、おいらは口先だけ。

いざとなっても、何もできなかったじゃないか。こんちくしょう。

心の中には、怒りが、渦巻いている。

「小太郎ちゃんは、小太郎ちゃんのままでいて」

お淳は言った。

「一生懸命で、いつも精一杯の小太郎ちゃんが好きなの」

そうも言ってくれた。

おい、おい、おいらは全然精一杯やってねえぜ。

ちゃんちゃらおかしいぜ。

本当は、言い訳ばかりで、精一杯なんて、やったことがねえんだ。

小太郎の脳裏(のうり)に、さきほど、腹を切り裂かれて、血まみれになりながら、白目をむいて叫び声をかみ殺しているお淳の姿が思い浮かんだ。

あれは、闘う姿だった。

(おいらは、まだ、お淳ちゃんにふさわしくねえ)

そう思った。

(まだ、しゅじゅつは終わっちゃいねえ。そして、おいらもまた、このままじゃ、終われねえ。お淳ちゃんが目を覚ますのが明日だってえなら、明日まで。三日後だってえなら三日後まで――約束を、守るんだ!)

小太郎は、そう思って背筋を伸ばし、大きな声で、叫ぶように言った。

「寿限無寿限無、五劫の擦り切れ!」

道行くひとが、驚いたような顔をしてこちらを見た。

小太郎は続ける。

「海砂利水魚の水行末、雲来末、風来末、食う寝るところに住むところ、藪らこうじのぶらこうじ、パイポパイポ、パイポのしゅーりんがん、しゅーりんがんのグーリンダイ、グーリンダイのポンポコピーのポンポコナの長久命の長助!」

まだまだ!

「寿限無寿限無、五劫の擦り切れ　海砂利水魚の水行末、雲来末、風来末、食う寝るところに住むところ、藪らこうじのぶらこうじ、パイポパイポ、パイポのしゅーりんがん、しゅーりんがんのグーリンダイ、グーリンダイのポンポコピーのポンポコナの長久命の長助」

全然、ダメだ。

精一杯に届かねえ。

こんちくしょう。

まだ、もっと、出来るはず。

「寿限無寿限無、五劫の擦り切れ　海砂利水魚の水行末、雲来末、風来末、食う寝るところに住むところ、藪らこうじのぶらこうじ、パイポパイポ、パイポのしゅーりんがん、しゅーりんがんのグーリンダイ、グーリンダイのポンポコピーのポンポコナの長久命の長助！」

◇

「なんだと？　てめえのところの弟子が、両国の広小路で勝手に席を作って、落語を演（や）ってるって？」

翌日、鳥越の自宅で報告を聞いた仙遊亭さん馬は、驚きの声を上げた。

「誰でえ、そんなとんちきは」

「――小太郎ですよ。また、あの野郎です」

噂を聞いて報告に来たへい馬は必死で説明した。

「それもう、昨夜から一昼夜。一晩中だそうで。いつもなら、あいつらは『墨亭さくら寄席』の幟をあげても、投げ銭を集めたら、すぐいなくなる。だからいくらでも誤魔化せるってぇのに、今回は違う。橋のたもとの一番目立つところに、どかっと一人で座って、ひたすら寿限無を唱えてやがる」

「なんだと？　昨日は、あれじゃァねえか、あいつの女のしゅじゅつの日じゃねえかよ」

さん馬は言った。

「昨日の夜、佐藤泰然先生が、ご丁寧においらに報告の手紙を届けてくださったぜ。さすがは名高い佐藤先生だ、いくらこっちが紹介元とはいえ、義理堅いというか、真面目というか」

「その手紙にはなんて書いてあったのですか？」

「しゅじゅつは成功したとさ」

「それじゃァ、いいじゃないですか」

「だが、本人は、術中に意識を失ったまま、まだ起き上がらねえってこった。そりゃァそうだろう。腹を切り裂かれて内臓を切り取られたンだからな。並大抵なことじゃねえや。こういうモンは術後が勝負——。傷口が膿んだりせずにうまく癒えればいいが。まあ、ここ数日が山ってところなんだろうなあ」

「はあ」

「——まさか」

さん馬は首を捻る。

「あの野郎、あのお淳とやらが目を覚ますまで噺をするつもりか？」

さん馬とへい馬は、連れ立って鳥越の家を飛び出すと、両国へ向かった。

大した距離ではない。

草履を鳴らして西詰めに近づくと、広小路に人だまりができており、そこの真ん中に座って、ぼろぼろの姿の小太郎が、ガラガラ声で叫ぶように繰り返していた。

「寿限無寿限無、五劫の擦り切れ海砂利水魚の水行末、雲来末、風来末、食う寝るところに住むところ、藪らこうじのぶらこうじ、パイポパイポ、パイポのしゅーりんがん、しゅーりんがんのグーリンダイ、グーリンダイのポンポコピーのポンポコナの長久命の長助！」

　道をゆく江戸っ子たちが、あきれたようにそれを眺めている。

「寿限無寿限無、五劫の擦り切れ　海砂利水魚の水行末、雲来末、風来末、食う寝るところに住むところ、藪らこうじのぶらこうじ、パイポパイポ、パイポのしゅーりんがん、しゅーりんがんのグーリンダイ、グーリンダイのポンポコピーのポンポコナの長久命の長助」

　見ると、足元に、一文銭やら四文銭やらの投げ銭が山と積まれていた。

　江戸っ子はもの好きだ。

　とりあえず、めずらしいものには投げ銭、というところだろうか。

　さん馬は、人混みをかき分けながら乱暴に進み、見物人の前に出て、弟子の目の前に仁王立ちとなった。

　小太郎は、それに気が付いたが、一向に寿限無を止めない。

「てめえ」

　さん馬は言った。

「こんなところに座り込みやがって。苦情は全部師匠のおいらのところに来るんだ。いい加減にしやがれ。また米沢町の親分に迷惑をかけるつもりか。てめえらの躾の約束をしたおいらの身にもなれ！」

「寿限無寿限無、五劫の擦り切れ」

「しゅじゅつは、無事に終わったてえじゃねえか。今更なにをやってやがる」

「海砂利水魚の水行末、雲来末、風来末、食う寝るところに住むところ、藪らこうじのぶらこうじ、パイポパイポ、パイポのしゅーりんがん」

「やめろ、やめろ」

「しゅーりんがんのグーリンダイ、グーリンダイのポンポコピーのポンポコナの長久命の長助」

「なにを無駄なことを。帰るぞ、この野郎」

「寿限無寿限無、五劫の擦り切れ――」

「聞こえねえのか、この野郎！　奉行所が来たら、どうするンだ！」

さん馬は小太郎の胸倉を、無理やりつかんだ。

小太郎と代助はすでに、町の大人たちに目をつけられている。

これ以上、親分衆に迷惑をかけ、奉行所の世話になどなれば、水野忠邦と鳥居耀蔵の取り締まりが厳しくなっているこのご時世、仙遊亭にとっても、非常に聞こえが悪い。

時機はとても悪いのだ。

すると、小太郎は、目に涙を浮かべて、言った。

「まだ、まだなんでさ」

「なんだと？」

「おいら、この年になるまで、本当に、本当に、限界まで、精一杯、頑張ったことがねえんでさ」

「――」

「精一杯やったことがねえまま、死にたくねえ。何も精一杯やったことがねえまま、精一杯生きてるお淳ちゃんの前に、偉そうな面下げて、立ちたくねえ。そんな奴に、なりたくねえ」

「む」

「今度こそ、精一杯やるんだ。心のどこにも言い訳がないところまで、まだ届いてねえ。まだ、まだできるんだ」

「こ、この野郎」

さん馬が、襟ぐりを離すと、どっと小太郎は、土の上に倒れたが、すぐに這っていって演台に戻り、背筋を伸ばして、大声で、

「寿限無寿限無、五劫の擦り切れ海砂利水魚の水行末、雲来末、風来末、食う寝るところに住むところ、藪らこうじのぶらこうじ、パイポパイポ、パイポのしゅーりんがん、しゅーりんがんのグーリンダイ、グーリンダイのポンポコピーのポンポコナの長久命の長助」

と叫んだ。

するとそのとき、曇り空から、ばらり、ばらり、と雨粒が落ちてきた。

やじ馬たちは、

「ひゃあ」

「降ってきやがった」

などといって、散っていく。

やがてその雨は、ザアーッという音とともに本降りになった。

「師匠――。どうか、お帰りください。濡れます」

「てめえは」

「おいらは、まだできるんです。まだ精一杯じゃァ、ねえんです。お淳ちゃんは『精一杯の小太郎ちゃんが好きだ』と言ってくれた。だが、おいらは、まだ精一杯じゃねえ」

「約束したんだ。お淳ちゃんと約束したんだ。お淳ちゃんのしゅじゅつの間、寿限無をやるって。おいら、約束を守らにゃァならねえ。お淳ちゃんが目を覚ますまで、寿限無をやるんだ！」

それを聞いて、さん馬は、後ろに立つへい馬とふたりで小太郎を睨んだ。

小太郎はまだ目を離さない。

雨はますます激しくなる。

やがて、さん馬、

「ちっ」

と舌打ちをして、踵を返す。

「し、師匠、いいんですかい？」

後を追うへい馬に聞かれ、さん馬は言った。

「仕方ねえ。バカにつける薬はねえ」

「仙遊亭の看板に傷がつきませんかね」

「仕方がねえ。バカな弟子でも、弟子のうちだ」

「そんな」

「――――」

「あのバカ、惚れやがったのさ。女ってやつにな。女に惚れた野郎につける薬は、昔ッからどこにもねえってのが定法だろうがよ。せいぜい無茶をするがいい。やれるだけやるがいいのさ」

「でも」

「へい馬、おいらの看板なんざ、てえしたもんじゃねえ。気にするな」

仙遊亭さん馬は、そう言って雨の中、大きく息を吸って、天を仰いだ。

そして、にやりと笑い、へい馬に言った。

「しかし」

「はい?」

「いいなあ」

「は?」

「若いってえのは、いいなあ——。羨ましいぜ」

結局、その雨は一晩中降り続けた。

そして小太郎は、その雨の中に座って、寿限無を語り続ける。

夜中、人通りがすっかり途切れ、チンピラやら酔っぱらいにからかわれることもあった。

だが、殴（なぐ）られても、蹴（け）られても、小太郎は寿限無を止めなかった。

（約束したんだ。しゅじゅつの間、おいらはお淳ちゃんのために寿限無を語り続ける。まだ、終わってない。お淳ちゃんが目を覚ますまで、しゅじゅつは終わっていない）

小太郎が仰ぎ見る両国広小路の柳の暗い影。

薬研堀の和田塾の奥座敷では、発熱したままのお淳が、傷の痛みと必死で闘っていたのだ。

◇

三日目の朝――。

我知らず、そのまま路上に倒れていた小太郎に、近づいて来る影があった。

それは、代助だった。

代助は、まっすぐに薬研堀から北上し、広小路の小太郎のもとに近づくと、こう言った。

「小太郎」

「へ」

ぼろぼろの小太郎は、地面に突っ伏したまま、半目をあける。

「お淳は今朝、しっかりと目を覚ましたぞ」

「…………」

「佐藤泰然先生の話じゃァ、もう、間違いなく大丈夫だろうってこった。傷口がふさがるまでひと月はかかるだろうが、その後はだんだんと体調が戻って、普通の暮らしができるってこった」

「…………」

「布団の中で、お淳は目を覚まして、こう言ったよ。夢の中で、ずっと、小太郎ちゃんが嘶をしているのが聞こえていたと――。ありがとうよ、小太郎」

「おいらは――」

小太郎は言った。

「精一杯、頑張ったのかな?」

「おうよ！」

代助は言った。

「てめえが頑張らなかったなどと言う奴がいたら、すぐにおいらに言え。ブン殴ってやる」

◇

半月後。

「で――」

と、いつもの鳥越の師匠の家。

仙遊亭さん馬は長火鉢の前に座り、使い慣れた古びた羅宇煙管ですぱり、すぱり、と莨を吸いながら、平伏する小太郎に言った。

小太郎のうしろには、いつかのように、代助が手をついて座っていた。

師匠の横には、おかみさんもいる。

「小太郎、てめえは鳥越に戻りてえってンだな」

「はい――なにとぞお許しください。ぜひまた、いちから頑張らせてください」

「ふむ」

「もとより、おいらは師匠の元で修業中の身でございます。間抜けな経緯で、櫻長屋を離れられなくなり、師匠の恩情もあって、鳥越を離れていましたが、この度、おかげさまをもって、お淳ちゃんの回復に目途が立ちました——これ以上、へい馬のアニさんにご迷惑かけるわけにゃァ、参らねえってわけで」

「お淳ちゃんは、いいのかい？」

「へえ、そのためにも、一刻も早く、修業に戻らなければ。きっと年季を勤めて、二つ目なりの噺家になって、迎えに行きたいのです」

「——ふうん」

さん馬は、つまらなそうに、煙を吐く。

「まあ、いいや。わかったぜ、承知した」

「ありがとうございます。改めて、精をこめて頑張ります」

「あのな——」

さん馬は、おかみさんに目配せして、顎をしゃくりながら、言った。

おかみさんは立ち上がり、神棚から、折りたたんだ紙を持ってくる。

「その、紙を、開きな」

小太郎は、開いた。

そこには、こう書いてあった。

――仙遊亭　じゅげ夢

「これは――」

「てめえの、名前だ」

「な、なんと！」

「てめえも奉公に入って、三年目。そろそろ名前が必要な頃さ。へい馬たち兄弟子たちも三年目から四年目に名前をやった。いい頃だろうよ」

「し、師匠――」

「実は、いろいろ考えたンだ。てめえがあまりに間抜けだからとん馬、とか、本所櫻長屋から来たってンで、さく馬とか、ほん馬とかな。だが、全部、やめた。てめえがあの日、両国橋のたもとで寿限無を唱えてやがったときに決めたのだ。この名前――前座じゃァちょっと重えかもしれねえが、てめえがあの日を忘れねえために、この名前をつけてやる。せいぜい頑張るんだな」

「は」

小太郎、ぶるぶると震えて、額を畳にこすりつけた。

「あ、ありがとうございます！」

夢にまで見た、高座名である。

これからは、堂々と〈前座〉を名乗れる。

「が、頑張ります」

「よかったなあ。小太郎」

その姿を、代助は、感無量の表情で見ている。

その代助を見て、師匠はまた言った。

「代助――」

「へ、へえ」

「まずは、妹さんの回復、よかったなあ」

「ありがとうございます」

「そこで、てめえ、仙遊亭から借りたカネ、いつ返す(けえ)すつもりだい？」

「す、すみません。師匠の御厚情、心から感謝いたします。ですが、いましばらく、お待ちいただけますようお願い致します。時間がかかっても、必ずお返しします」

「どうやって？」

「え？」

代助は顔を上げる。

師匠は、厳しい目つきで睨み返す。

「どうやって返すつもりなんだ？」

「そ、それは……」

「おいらたち芸人は、そりゃァ、外れモンで、世の中の真面目な町人たちとは違う。だが、決して、ヤクザや渡世人なんかじゃねえんだぜ。立派な堅気（かたぎ）の商売人なんだ。わかってるだろうが、てめえがもし、今までみてえに、掏摸（すり）やらウサギの賭場やらで作ったカネを持ってきやがったら、おいら、ビタ一文受け取らねえぜ」

「は」

「おいらが貸したカネは二十五両。町人がちまちま働いたンじゃ二年や三年働いたとてなかなか難しい金額だ。そいつをちゃんと、まっとうに稼いで返すあてがあるのかって聞いてるんだぜ？　この野郎」

代助はその厳しい言葉に恐縮し、じとっと汗をかいて頭を畳にこすりつけた。

小太郎もまた、奥歯をかみしめて師匠の顔を見る——。

すると、師匠は、ドスを効かせた声で、脅すように言った。

「体で払え」

「は？」

「てめえの身柄は預かる。仙遊亭に出仕だ」

「え」

「今日で小太郎は、高座名をつけてやって、きちんと、前座という身分になりやがった。てめえはその下の奉公人から始めろ。掃除洗濯、着物に糊付け鏝当てをちゃんとやり、おいらの荷物を持ちやがれ」

「師匠」

「きっちり鍛えて、何年かかっても構わねえ。一丁前の噺家になって、十倍、二十倍にして返せ――」

恩情にあふれた言葉だった。

しかし、代助は、不満げな顔をしている。

脅すような言い方をされたことが気に食わないのだろうか。

それとも、今まで自由にやってきて、師匠の元でこまごましたことをやるなど、性に合わないと思っているのだろうか。

だが、この際、これ以上のことはあるまい。

小太郎は横から言った。

「代ちゃん。これは、師匠の、御志だよ。出世払いだ。こんないい話はないだろう？　おいら、思うんだ。代ちゃんならきっと、凄い噺家になれる。辛抱するんだ――」

すると代助は言った。

「――カネを手配してくれたことはありがてえ。だが、気になることもあるぜ」

「なんだい？」

「お淳のことさ。おいらは元より貧乏長屋のゴミみたいなもんだ。行先を選べる立場じゃァねえ。金主のあんたが言うなら、草履取りだろうが、溝さらいだろうが、どんな仕事だってやってやらあ。だが、お淳はどうなる。おいらが仙遊亭に住み込んだら、ひとりになっちまう。頼りの小太郎、てめえも、ここにいるじゃねえか」

それを聞くと、師匠は笑った。

「ふふふ」

「なんですか」

「そこなんだが――。おいらのおかみは、よくできたおかみでなあ」

するとすまして横に座っていたおかみさんが、急に目を瞠いて、

（何を言い出すの？）

という顔をして、師匠を睨む。

「おいらがふらふらしているのが心配だったらしく、裏の長屋を買ったのさ」

すかさず、おかみが叫ぶ。

「あんた、何を言うの。あの長屋はね、あたしが貧乏人から家賃を取って、不安定で気まぐれなあんたの稼ぎを支えようって買ったものじゃないか」

「そこに、一部屋、お淳を住まわせるぐらい、いいだろう？」

「何を言うの？　その分、実入りがなくなるじゃないの！」

「じゃァ、あれだ。お淳とやらも、下女として使ってやればいい。一人分の給金が浮くってもんだ」

「なに、それ！」

おかみさんは、言った。

「あんた、あたしをなんだと思っているの！」

「いいじゃァねえか。もともとおいらの稼ぎなんだしな。一番安い部屋に若い娘一人住まわせるぐらい、どおってことねえだろ」

「勝手に決めないでよ！」

ぽんぽんと言い争いを始める夫婦を見て、小太郎と代助は、顔を見合わせた。

◇

こうして、小太郎、代助、お淳の三人は本所林町のおんぼろ長屋を引き払い、大川を西に渡って、鳥越に移った。

新しい奉公人が一気に増えて、おかみさんは、てんやわんやである。

「こらあ、お淳！　なんだいこれは。洗濯が半端だよ。本所のぼろ長屋じゃァ、そんな仕事で許されたかもしれねえが、ここじゃァ許さないからね。やりなおし、やりなおしだい！」

「は、はい」

「小太郎、いい加減にしろ。襦袢（じゅばん）と長襦袢の順番がまた間違っているじゃァないか。こんなことじゃあ、他なら破門だよ。諏訪町だったら半殺しにあっているぞ。まったく、本当にとんまな野郎だ！」

「へ、へえ」

「代助。あんた、いつまで本所のごろつきのつもりだい。しっかり顔洗って髭を剃れ。それにてめえこの前、へい馬を博奕に誘っただろう。へい馬は兄弟子だ。変なこと教えるンじゃないよ。うちじゃァ、博奕も万引きも許さないからね！　あんたはもう堅気になったんだ。殴られたくなければしっかりしな」

「……とほほほ。川向こうじゃあましらの代助とまで呼ばれたおいらが、ここじゃァ、形なしだ」

おかみさんの『吉原流』にしごかれて、三人がさんざんやっつけられて過ごす毎日が、始まった。

実は、おかみさん、あの夜、夫婦の寝室で師匠と二人っきりになったあと、こう言われたのだ。

「……おりん、知ってるだろ？　おいらも川向こうの妓楼裏の、どぶ臭い長屋の生まれだ。代助と小太郎と同じだよ。特に、あの代助って野郎は、ガキの時分のおいらにそっくりだ。最初にあいつの啖呵を見たときにゃ、驚いたぜ——おいらは幸い可楽師匠に拾われて、あのどうしようもない吹き溜まりから、這いつくばるように修業してここまで上って来た。その途上にゃァ、可楽師匠、正蔵師匠、圓生師匠といった大人たちが、陰に日向に叱っては助けてくれたもんだぜ。おいらなんざ偉そうにしていてもその程度さ。多少余裕ができたら、川向こうのバカどもを多少なりとも面倒見るのは、世間様に対する義理ってもんだろう？　違うかい？」

そう言われて、おりんは内心、覚悟を決めたのだ。

よく考えれば、自分も吉原から師匠に拾われた身上である。

（これからは、あたしがあのバカ三人のおふくろさんっていうわけだね――）

随分と年若で乱暴なおふくろさんだが。

だが、師匠夫婦の間にこんな話があったことを、三人は知らない。

三人は、夢を見ていた。

新たに始まった修業の日々の中、三人の胸には、ひとつの夢が宿るようになっていたのだ。

いつか再び、あの『墨亭さくら寄席』の幟を、両国橋のたもとに立てる。

一人前になって、本格の噺で、道行く人の足を、止める。

いつか。

……いつか、必ず。

解説――命の賛歌と〝生きる糧〟としての落語物語

文芸評論家　縄田一男

どうでぃ、もし、御用をお急ぎでなかったら久し振りに寄席でも覗いていかねえかい。

なに、小屋でやっているようなまともな寄席じゃあねえ。両国橋の東詰めの広場に大きな木箱をどんと置き、その上に乗って拍子木をカンカンと叩きながら若いもんが大声で噺をする両国名物「墨亭さくら寄席」――こいつがなかなか面白えんだ。

度胸が良いというのか、無鉄砲というのか、時の老中、水野忠邦やその右腕鳥居耀蔵をあげつらっているのだから大したもんだ。

そうこうしていると呼子笛が聞こえ十手持ちやその手下たちがやってきて、大混乱になる。こいつぁなかなかの見世物だぜ。

その様子をぼんやり見ていたのが噺家の仙遊亭さん馬の弟子で、まだ名前もつけてもらえない小太郎。何故ならさっきの拍子木をカンカン叩いていたのが、名前だけはきれいな本所林町の櫻長屋で育った幼馴染の代助だったからだ。

代助がなんでこんな危ない真似をしているかというと、妹のお淳の身体が悪く、名医に診せるには二十両の金がかかる。そこで代助は自分の噺に集まった客の懐から、手下の悪ガキ連中に物をスラせてコツコツ金を貯めているという訳なのさ。

そんな無手勝流で自分を貫こうとする代助と比べて、小太郎は何をやってもへまばかり。この対称的な二人の若者が軸となって話が進むんだが、そうそうお前はそれほど落語に詳しくなかったな、それでも第一席の〈妾馬〉については小太郎が師匠仙遊亭さん馬の落語噺を失敬したものだがと合いの手が入るので、そつなく聞くことが出来る。

小太郎は「墨亭さくら寄席」で初めて人前で語る喜びを知ることになる。師匠もそれを陰ながら見守っているのだからたまらねえや。

続く第二席〈景清〉では、名医といわれた鈴木良仙がとんだ藪で、金だけはきっちりと取りやがる。こうなったら洋医に頼むしかないと代助は方針を変える。

それにしても先立つ物は金。素人相手の〝キツネの賭場〟を開いて顔役に目を付けられたり、あぶないあぶない。

そんな世の中の矛盾の中で、師匠は「てめえらは、つまり、若くてモノを知らねえんだ。この世の自由はな、糸の切れた凧なんかじゃァねえんだぜ。ちゃんと誰かに握られていて、はじめて自由に空を飛べるってモンだ」と上方落語の一種の不条理劇〈景清〉を通して若者二人に世の真実を伝えようとするんだ。

次の第三席〈風の神送り〉は、泣かせて笑わせておまけに教養がにじみ出るのだから、こんな三拍子揃った話は滅多にねえだろう。

ここに教養として出てくるのは加賀の千代女だ。千代女は元禄十六年に加賀国松任に、表具師の娘として生まれ、幼い頃より俳諧に親しみ、十七歳の時、諸国行脚をしていた江戸時代前期の有名な俳諧師・各務支考に認められ、指導を受け、その事から名を一気に全国に広めることになったのである。

お淳はいつしか千代女に憧れ、身体が良くなったら自分も俳句を詠む旅に出たいと夢想するようになる。

一方、洋医の方は鳴滝塾出身の佐藤泰然が見つかり一縷の光明が射す。

そんな中、小太郎は上方の落語で〈風（風邪）の神送り〉てえ噺があるという。人間の弱味に付け込む風邪の野郎の人形を作って、舟に乗せて川に流してしまうのさ。すると、病気は川を流れていっちまって、消えちまうってぇ寸法だ。

このあたりから物語には光が射してくるのだが、お淳は麻酔無しで西洋のしゅじゅつを受けなければならねえのさ。

ただでさえ身体の弱いお淳にそれが耐えられるだろうか。

第四席の〈転失気〉は、小太郎のような前座にふさわしい短い噺だが、登場人物は、和尚、小坊主、医者、近所の熊さんといった、いわゆる落語の主要人物がすべて出てくる噺で、きっちりと演じ分けなければならない。

ここでも小太郎は代助とその実力の差をまざまざと見せつけられることになる。

そして第五席はいよいよ大団円〈寿限無〉である。

とうとう始まるお淳のしゅじゅつ。お淳はしゅじゅつの最中、小太郎に手を握ってもらい噺を聞かせてくれとせがむ。

ここで小太郎は一念発起、「じゃァ、寿限無だ」「寿、限り無し。ずっと生き続けるって意味さ」と言う。

そしてあらゆる病魔を超越して、ラストのこの一席は命の賛歌を奏で始めるじゃねえか。

ついに師匠は小太郎に名前をつける。

――仙遊亭じゅげ夢と。

どでい、大したもんじゃあねえか。

作者が披瀝(ひれき)しているのは、物語の素晴らしさや妙味だけではない。本書に注ぎ込まれた教養は大変なもので、何気(なにげ)なく書かれている落語家の相関図の正確さを見るがいい。

そしてこの本全体のテーマは〝生きる糧(かて)〟としての落語なのである。

どでい、この寄席、また行きたくなっただろ。

大江戸墨亭さくら寄席

一〇〇字書評

切り取り線

購買動機（新聞、雑誌名を記入するか、あるいは○をつけてください）	
□（　　　　　　　　　　　　）の広告を見て	
□（　　　　　　　　　　　　）の書評を見て	
□ 知人のすすめで	□ タイトルに惹かれて
□ カバーが良かったから	□ 内容が面白そうだから
□ 好きな作家だから	□ 好きな分野の本だから

・最近、最も感銘を受けた作品名をお書き下さい

・あなたのお好きな作家名をお書き下さい

・その他、ご要望がありましたらお書き下さい

住所	〒				
氏名		職業		年齢	
Eメール	※携帯には配信できません	新刊情報等のメール配信を　希望する・しない			

この本の感想を、編集部までお寄せいただけたらありがたく存じます。今後の企画の参考にさせていただきます。Eメールでも結構です。

いただいた「一〇〇字書評」は、新聞・雑誌等に紹介させていただくことがあります。その場合はお礼として特製図書カードを差し上げます。

前ページの原稿用紙に書評をお書きの上、切り取り、左記までお送り下さい。宛先の住所は不要です。

なお、ご記入いただいたお名前、ご住所等は、書評紹介の事前了解、謝礼のお届けのためだけに利用し、そのほかの目的のために利用することはありません。

〒一〇一－八七〇一
祥伝社文庫編集長　清水寿明
電話　〇三（三二六五）二〇八〇

祥伝社ホームページの「ブックレビュー」からも、書き込めます。

www.shodensha.co.jp/bookreview

大江戸墨亭さくら寄席

令和 5 年 7 月20日　初版第 1 刷発行

著　者　吉森大祐
発行者　辻　浩明
発行所　祥伝社
東京都千代田区神田神保町 3-3
〒101-8701
電話　03（3265）2081（販売部）
電話　03（3265）2080（編集部）
電話　03（3265）3622（業務部）
www.shodensha.co.jp

印刷所　萩原印刷
製本所　ナショナル製本
カバーフォーマットデザイン　中原達治

Printed in Japan ©2023, Daisuke Yoshimori ISBN978-4-396-34897-7 C0193